Harry Potter
2

Harry Potter and
the Philosopher's Stone

ハリー・ポッターと賢者の石

J.K.ローリング

松岡佑子＝訳

for Jessica, who loves stories,
for Anne, who loved them too,
and for Di, who heard this one first.

"Harry Potter and the Phirosopher's Stone"
First published in Great Britain in 1997
Bloomsbury Publishing Plc, 38 Soho Square, London W1V 5DF

Japanese edition first published in 1999

ISBN 978-4-86389-161-6

This book is published in Japan by arrangement with
the author through The Blair Partnership

ハリー・ポッターと賢者の石 Ⅱ 目次

ハリー・ポッターと賢者の石 Ⅰ 目次

第10章　ハロウィーン

次の日、ハリーとロンが疲れた様子ではあったが上機嫌でまだホグワーツにいるのを見て、マルフォイは我が目を疑った。一夜が明けてみると、ハリーにもロンにもあの三つ頭の犬との遭遇が通常では得がたい冒険のように思え、次に待ち受けているものへの興奮が抑えられなくなっていた。とりあえず、ハリーはロンに例の包みのこと、それがグリンゴッツからホグワーツに移されたのではないかということ、を話して聞かせた。あれほど厳重な警備が必要な物っていったいなんだろうと、二人はあれこれ話した。

「ものすごく大切か、ものすごく危険な物だな」とロン。

「その両方かも」とハリー。

謎の包みについては、五センチくらいの長さのものだろうということしか情報がなく、それ以上なんの推測もできなかった。

ネビルとハーマイオニーはといえば、三頭犬と仕掛け扉の下になにが隠されているのかに、まったく興味を示さなかった。特にネビルにとっては、二度とあの犬に近づかないということだけが重要だった。ハーマイオニーはあれ以来、ハリーともロンとも口をきかなくなったが、偉そうな知ったかぶり屋の指図なしですむのは、二人にはかえって儲けものといった気分だった。ハリーとロンの思いはいまや、どうやってマルフォイに仕返しするかだけだ。一週間ほどすると、なんとそのチャンスが郵便とともにやってきた。

いつものように、ふくろうが群れをなして大広間に飛んできた。六羽の大コノハズクがくわえた細長い包みがすぐにみなの気を引いた。ハリーも、あの大きな包みはなんだろうと興味津々だった。だが驚いたことに、コノハズクはハリーの真ん前に舞い降りてその大きな包みを落とし、ハリーの食べていたベーコンをはねちらかした。六羽と入れちがいにもう一羽が飛んできて、包みの上に手紙を落としていった。

ハリーは急いで手紙を開けた。それが正解だった。手紙にはこう書いてあった。

包みをここで開けないように。

　中身は新品のニンバス2000です。
　あなたが箒（ほうき）を持ったと知ると、みなが欲しがるので、
　気づかれないように。
　今夜七時、クィディッチ競技場でウッドが待っています。
　最初の練習です。

M・マクゴナガル教授

　手紙をロンに渡しながら、ハリーは喜びを隠しきれなかった。

「ニンバス2000だって！　僕、触ったことさえないよ」

　ロンはうらやましそうにうなった。

　一時間目の前に二人だけで箒を見ようと急いで大広間を出たが、玄関ホールの途中で、クラッブとゴイルが寮に上がる階段の前に立ちふさがっていた。マルフォイがハリーの包みをひったくって、中身を確かめるように触った。

「箒だ」

　マルフォイは妬（ねた）ましさと苦々しさの入り交じった顔つきで、ハリーに包みを投げ返した。

「今度こそおしまいだな、ポッター。一年生は箒を持っちゃいけないんだ」

ロンはがまんしきれずに言い返した。

「ただの箒なんかじゃないぞ。なんてったって、ニンバス２０００だぜ。君、家になに持ってるって言った？　コメット２６０かい？」

ロンはハリーに向かってニヤッと笑いかけた。

「コメットって見かけは派手だけど、ニンバスとは格がちがうんだよ」

「君になにがわかる、ウィーズリー。柄の半分も買えないくせに。兄貴たちと一緒に小枝を一本ずつ貯めなきゃならないくせに」

マルフォイが噛みついてきた。ロンが応戦しようとしたときに、フリットウィック先生がマルフォイの肘のあたりに現れた。

「君たち、言い争いじゃないだろうね？」先生がキーキー声で言った。

「先生、ポッターのところに箒が送られてきたんですよ」マルフォイがさっそく言いつけた。

「いやあ、いやあ、そうらしいね」先生はハリーに笑いかけた。

「マクゴナガル先生が特別措置について話してくれたよ。ところでポッター、箒は何型かね？」

「ニンバス2000です」

マルフォイのひきつった顔を見て、笑いを必死でこらえながらハリーは答えた。

「実は、買っていただけたのはマルフォイのおかげなんです」

マルフォイは怒りと当惑をむき出しにした顔をした。二人は笑いを押し殺しながら階段を上がった。

大理石の階段を上りきったところで、ハリーは思う存分笑った。

「だって本当だもの。もしマルフォイがネビルの『思い出し玉』を掠(かす)めていかなかったら、僕はチームには入れなかったし……」

「それじゃ、校則を破ってご褒美(ほうび)をもらったと思ってるのね」

背後から怒った声がした。ハーマイオニーだった。ハリーが持っている包みをけしからんとばかりに睨(にら)みつけ、階段を一段一段踏みしめて上ってくる。

「あれっ、僕たちとは口をきかないんじゃなかったの？」とハリー。

「そうだよ。いまさら変えないでくれよ。僕たちにとっちゃありがたいんだから」

とロン。

ハーマイオニーは、ツンとそっぽを向いて行ってしまった。

ハリーは一日中授業に集中できなかった。気がつくと寮のベッドの下に置いてきた箒のことを考えていたり、今夜練習することになっているクィディッチ競技場に気持ちがそれてしまっていた。なにを食べたのかもわからないまま夕食を飲み込み、ロンと一緒に寮に駆けもどって、ようやくニンバス2000の包みを解いた。

ベッドカバーの上に転がり出た箒に、ロンは「ワオー」と声を漏らした。箒のことはなにも知らないハリーでさえ、すばらしい箒だと思った。すらりとして艶があり、マホガニーの柄の先に長くまっすぐな小枝がすっきりと束ねられ、柄の先端近くに金文字で「ニンバス2000」と書かれている。

七時近く、夕暮れの薄明かりの中を、ハリーは城を出てクィディッチ競技場へと急いだ。スタジアムの中に入るのははじめてだった。競技場のピッチの周囲には、何百という座席が高々とせり上げられていて、観客が高みから観戦できるようになっている。ピッチの両端にはどちらにも、先端に輪がついた十五メートルの金の柱が三本ずつ立てられていた。マグルの子供がシャボン玉を作る、プラスチックの輪にそっくりだとハリーは思った。

ウッドがくるまでにどうしてもまた飛んでみたくなり、ハリーは箒にまたがると地面を蹴った。なんていい気分なんだろう——ハリーはゴールポストの中を出たり入ったりし、ピッチに向かって急降下と急上昇を繰り返してみた。ニンバス２０００はちょっと力を入れるだけで、ハリーの思いのままに飛んだ。

「おーい、ポッター、降りてこい！」

オリバー・ウッドがやってきた。大きな木製の箱を小脇に抱えている。ウッドのすぐ隣に、ハリーはぴたりと着陸した。

「お見事」ウッドは目をキラキラさせていた。

「マクゴナガル先生の言ってた意味がわかったよ……なるほど君には生まれつきの才能がある。さて、今夜はルールを教えよう。それから週三回のチーム練習に参加だ」

箱を開けると、大きさのちがうボールが四個あった。

「いいかい、クィディッチは覚えるのは簡単だ。プレイするのはそう簡単じゃないけどね。両チームそれぞれ七人の選手がいる。そのうち三人はチェイサーだ」

「三人のチェイサー」とハリーが繰り返した。

ウッドはサッカーボールほどの大きさの真っ赤なボールを取り出した。

「これがクアッフルだ。チェイサーはこのクアッフルを投げ合って、相手ゴールの輪の中に入れる。そしたら得点。輪に入るたびに一〇点だ。ここまではいいかい？」

「チェイサーがクアッフルを投げ、輪を通ると得点――」

ハリーはまた繰り返しながら言った。

「それじゃ、ゴールが六つの、箒に乗ってプレイするバスケットボールのようなものじゃないかなあ？」

「バスケットボールってなんだい？」ウッドが不思議そうに聞いた。

「ううん、気にしないで」ハリーはあわてて答えた。

「さてと、各チームにはキーパーと呼ばれる選手がいる。僕はグリフィンドールのキーパーだ。味方の輪のまわりを飛び回って、敵が点を入れないようにするんだ」

「チェイサーが三人、キーパーが一人、クアッフルでプレイする。オーケー、わかった」

ハリーは全部覚えようと意気込んでいた。

「それは、なにするもの？」

ハリーは箱の中に残っている三つのボールを指さした。

「いま見せるよ。ちょっとこれを持って」

ウッドが野球のバットに似た短い棍棒(こんぼう)をハリーに渡した。

「ブラッジャーがなんなのか、いま見せてあげよう。この二つがブラッジャーだ」

ウッドは、赤いクアッフルより少し小さい真っ黒なボールを二つ、ハリーに見せた。二つともまったく同じようなボールで箱の中に紐で留めてあったが、いまにも紐を引きちぎって飛び出そうとしているようだった。

「さがって」とハリーに注意してから、ウッドは腰をかがめ、ブラッジャーを一つだけ紐からはずした。

とたんに黒いボールは空中高く飛び上がり、まっすぐにハリーの顔めがけてぶつかってきた。鼻を折られては大変と、ハリーが棍棒でボールを打つと、ボールはジグザグに舞い上がった。そして二人の頭上をぐるぐる回り、今度はウッドにぶつかってきた。ウッドはボールを上から押さえ込むように飛びかかり、地面に押しつけた。

「わかったろう？」

ウッドは息急き切って、じたばたするブラッジャーを力ずくで箱にもどし、紐で押さえつけておとなしくさせた。

「ブラッジャーはロケットのように飛び回って、プレイヤーを箒(ほうき)からたたき落とそうとするんだ。そこで各チーム二人のビーターがいる――双子のウィーズリーがそれだ――味方の陣地をブラッジャーから守って、敵の陣地へ打ち返す役だよ。さあ、ここまでのところ、わかったかな？」

「チェイサーが三人、クアッフルで得点する。キーパーはゴールポストを守る。ビーターはブラッジャーを味方の陣地から追いはらう」ハリーはすらすら言った。

「よくできた」

「えーと……ブラッジャーがだれか殺しちゃったことはあるの？」

ハリーは気にしていないふりをして質問した。

「ホグワーツでは一度もないよ。顎の骨を折ったやつは二、三人いたけど、その程度だよ。さて、残るメンバーはシーカーだ。君のポジションさ。クアッフルもブラッジャーも気にしなくていい……」

「……僕の頭を割りさえしなきゃね」

「心配するな。双子のウィーズリーにはブラッジャーもかなわないさ――つまり、二人は人間ブラッジャーみたいなもんだな」

ウッドは箱に手を突っ込んで、四つ目の、最後のボールを取り出した。クアッフルやブラッジャーに比べるとずいぶん小さく、大きめのクルミぐらいだった。まばゆい金色で、小さな銀色の羽をひらひらさせている。

「これが、いいかい、『金のスニッチ』だ。一番重要なボールだよ。とにかく速いし見えにくいから、捕まえるのが非常に難しい。シーカーの役目はこれを捕ることだ。君はチェイサー、ビーター、ブラッジャー、クアッフルの間を縫うように飛び回って、敵のシーカーより先にこれを捕らないといけない。なにしろシーカーがスニッチを捕ると一五〇点入る。勝利はほとんど決まったようなものだ。だから敵はなんとしてでもシーカーを妨害しようとする。スニッチが捕まらないかぎりクィディッチの試合は終わらない。いつまでも続く——たしか最長記録は三か月だったと思う。交代選手を次々投入して、正選手は交代で眠ったということだ。ま、こんなところかな。質問あるかい？」

ハリーは首を横に振った。やるべきことはしっかりとわかった。あとは、それができるかどうかの問題だ。

「スニッチを使った練習はまだやらない」

ウッドはスニッチを慎重に箱にしまった。

「もう暗いから、なくすといけないし。かわりにこれで練習しよう」

ウッドはポケットからゴルフボールの袋を取り出した。数分後、二人は空中にいた。ウッドはゴルフボールをありとあらゆる方向に思いきり強く投げ、ハリーにキャッチさせた。

ハリーは一つも逃さなかったので、ウッドは大喜びだった。三十分もするとすっかり暗くなり、もう続けるのはむりだった。

「あのクィディッチ・カップに、今年こそは僕たちの寮の名前が入るぞ」

城に向かって疲れた足取りで歩きながら、ウッドはうれしそうに言った。

「君はチャーリーよりうまくなるかもしれないな。チャーリーだって、ドラゴンを追っかける仕事を始めなかったら、いまごろはイギリスのナショナル・チームでプレイしてたろうに」


毎日たっぷり宿題がある上、週三回あるクィディッチの練習で忙しくなった。そのせいか気がつくと、なんとホグワーツにきてからもう二か月も経っていた。いまではプリベット通りよりも城のほうが自分の家だという気がする。授業も、基礎がだいぶわかってきたのでおもしろくなってきた。

ハロウィーンの朝、廊下に漂うパンプキンパイを焼くおいしそうな匂いで生徒たちは目を覚ました。もっとうれしいことには、「妖精の呪文」の授業でフリットウィック先生が、そろそろ物を飛ばす練習をしましょうと言ったのだ。先生がネビルのヒキガエルをブンブン飛び回らせるのを見てからというもの、みなやってみたくてたまらなかった。先生は生徒を二人ずつ組ませて練習させた。ハリーはシェーマス・フィネガンと組んだ——ネビルがハリーと組みたいというようにじっとこちらを見ていたので、実のところほっとした。ロンはなんと、ハーマイオニーと組むことになった。二人ともこれには怒り心頭だった。ロンはなんと、ハリーが箒を受け取って以来、ハーマイオニーは一度も二人とまともに口をさいていなかった。

「さあ、いままで練習してきたしなやかな手首の動かし方を思い出して」

いつものように積み重ねた本の上に立って、フリットウィック先生がキーキー声で言った。

「ビューン、ヒョイですよ。いいですか、ビューン、ヒョイ。呪文を正確に、これもまた大切ですよ。覚えてますね、あの魔法使いバルッフィオは、『フ』を『ス』と言ったために、気がついたら床に寝転んだ自分の胸にバッファローが乗っかっていたんでしたね」

これはとても難しかった。ハリーもシェーマスもビューン、ヒョイとやったのに、空中高く浮くはずの羽は机の上に貼りついたままだ。シェーマスが癇癪を起こして杖で羽を小突いて火をつけてしまったので、ハリーは帽子で火を消すはめになった。隣のロンも、似たり寄ったりの惨めさだった。

「ウィンガディアム　レヴィオーサ！」

長い腕を風車のように振り回してロンがさけんでいる。ハーマイオニーの尖った声が聞こえる。

「言い方がまちがっているわ。ウィン・ガー・ディアム　レヴィ・オー・サ。〝ガー〟と長ぁくきれいに言わなくちゃ」

「そんなによくご存知なら、君がやってみろよ」とロンがどなっている。

ハーマイオニーはガウンの袖をまくり上げて杖をビューンと振り、呪文を唱えた。

「ウィンガーディアム　レヴィオーサ！」

すると、羽は机を離れ、一・二メートルほどの高さに浮いたではないか。

「オーッ、よくできました！」先生が拍手をしてさけんだ。「みなさん、見てください。グレンジャーさんがやりました！」

授業のあと、ロンの機嫌は最悪だった。

「だから、だれだってあいつにはがまんできないって言うんだ。まったく悪夢みたいなやつさ」

廊下の人込みを押し分けながら、ロンがハリーに言った。

だれかがハリーにぶつかり、急いで追い越していった。ハーマイオニーだ。ハリーが顔をちらっと見ると――驚いたことに、泣いている！

「いまの、聞こえたみたいだよ」とハリー。

「それがどうした？」

ロンも少し気にしながら、それでも「一人も友達がいないってことくらい、とっくに気がついているだろうさ」と言った。

ハーマイオニーは次の授業に顔を出さず、その日の午後は一度も見かけなかった。ハロウィーンのごちそうを食べに大広間に向かう途中、パーバティ・パチルがラベンダーに話しているのをハリーたちは小耳に挟んだ。ハーマイオニーがトイレで泣いていて、ひとりにしておいてくれと言ったらしい。ロンはまた少しバツの悪そうな顔をしたが、大広間でハロウィーンの飾りつけを見た瞬間、ハーマイオニーのことなど二人の頭からは吹き飛んでしまった。

千匹ものコウモリが壁や天井で羽をばたつかせ、もう千匹が低く垂れ込めた黒雲のようにテーブルのすぐ上まで急降下して、くり抜いたかぼちゃの中の蠟燭の炎をちらつかせた。新学期の始まりのときと同じように、突然金色の皿に載ったごちそうが現れた。

ハリーが皮つきポテトを皿によそっていたちょうどそのとき、クィレル先生が息急（いきせ）

き切って部屋に駆け込んできた。ターバンはゆがみ、顔は恐怖にひきつっている。みながが見つめる中を、クィレル先生はダンブルドアの前まで進み、テーブルにもたれかかりながら喘ぎ喘ぎ言った。

「トロールが……地下室に……お知らせしなくてはと思って」

クィレル先生はその場でばったりと気を失ってしまった。

大混乱になった。ダンブルドア先生が杖の先から紫色の爆竹を何度か爆発させて、やっと静かにさせた。

「監督生よ」

重々しいダンブルドアの声がとどろいた。

「すぐさま自分の寮の生徒を引率して寮に帰るように」

パーシーは水を得た魚だった。

「僕についてきて！　一年生はみんな一緒にかたまって！　僕の言うとおりにしていれば、トロールなど恐るるに足らず！　さあ、僕の後ろについて離れないで！　道を開けてくれ。一年生を通してくれ！　道を開けて。僕は監督生です！」

「いったいどうやってトロールは入ってきたんだろう」

階段を上りながらハリーはロンに聞いた。

「僕に聞いたって知らないよ。トロールって、とってもおばかなやつらしいよ。もしかしたらハロウィーンの冗談のつもりで、ピーブズが入れたのかもな」とロンが答えた。

みながてんでばらばらの方向に急いでいた。いろいろなグループとすれちがい、右往左往しているハッフルパフの一団をかき分けて進もうとしていたちょうどそのとき、ハリーが突然ロンの腕をつかんだ。

「ちょっと待って……ハーマイオニーだ」

「あいつがどうかしたかい？」

「トロールのこと知らないよ」

ロンが唇を噛（か）んだ。

「わかった。だけどパーシーに気づかれないようにしなきゃ」

ひょいとかがんで、二人は反対方向に行くハッフルパフ寮生にまぎれ込み、だれもいなくなった廊下をすり抜けて女子用トイレへと急いだ。角を曲がったとたん、後ろから急ぎ足でやってくる音が聞こえた。

「パーシーだ！」

ロンがささやき、怪獣グリフィンの大きな石像の後ろにハリーを引っ張り込んだ。

石像の陰から目を凝らして見ていると、パーシーではなくスネイプだった。廊下を渡り、視界から消えていった。

「なにをしてるんだろう。どうしてほかの先生と一緒に地下室に行かないんだろう」

ハリーがつぶやいた。

「知るもんか」

次第に消えていくスネイプの足音を耳で追い、二人はできるだけ音を立てないように身をかがめて廊下を歩いていった。

「スネイプは四階に向かってるよ」と言うハリーを、ロンが手を上げて制した。

「なにか臭わないか?」

ハリーがクンクンと鼻を使うと、汚れた靴下と、掃除をしたことがない公衆トイレの臭いを混ぜたような悪臭が鼻をついた。

次に音が聞こえた……低いブァーブァーといううなり声、巨大な足を引きずるように歩く音。ロンが指をさした……廊下の向こう側、左手からなにか大きなものがこちらに近づいてくる。二人が物陰に隠れて身を縮めていると、月明かりに照らされた場所にその大きなものがヌーッと姿を現した。

恐ろしい光景だった。背は四メートルもあり、墓石のような鈍い灰色の肌、岩石のようにゴツゴツのずんぐりした巨体、ハゲた頭は小さく、ココナッツがちょこんと載っているようだ。短い脛は木の幹ほど太く、コブだらけの平たい足がついている。ものすごい悪臭を放っていた。腕が異常に長いので、手にした巨大な棍棒は床を引きずっている。

トロールはドアの前で立ち止まり、中をじっと見ている。長い耳をぴくつかせ、中身のない頭で考えていたが、やがて前屈みのままのろのろと中に入った。

「鍵穴に鍵がついたままだ。あいつを閉じ込められる」ハリーが声を殺して言った。

「名案だ」ロンの声はびくびくしている。

トロールが出てきませんようにと祈りながら、二人は開け放たれたドアににじり寄った。喉がカラカラだった。最後の一歩は大きくジャンプして、ハリーは鍵をつかみドアをピシャリと閉めて鍵をかけた。

「やった！」

勝利に意気揚々、二人は元来た廊下を走ったが、曲り角まできたとき、心臓が止まりそうな声を聞いた――かん高い、恐怖で立ちすくんだような悲鳴――いま、鍵をかけたばかりの部屋からだ。

「しまった」ロンの顔は「血みどろ男爵」ぐらい真っ青だった。

「女子用トイレだ！」ハリーも息を呑んだ。

「ハーマイオニーだ！」二人が同時にさけんだ。

これだけは絶対選びたくなかった途だが、ほかに手段があるだろうか？　二人は回れ右をし、ドアに向かって全力疾走した。気が動転して鍵がうまく回せない――カチャリ――ハリーがドアを開けると同時に二人は突入した。ハーマイオニー・グレンジャーは奥の壁に張りついて縮み上がっていた。いまにも気を失わんばかりだ。トロールは洗面台を次々となぎ倒しながら、ハーマイオニーに近づいていく。

「こっちに引きつけろ！」

ハリーは無我夢中でロンにそう言うと、蛇口を拾って力いっぱい壁に投げつけた。

トロールはハーマイオニーの一メートル手前で立ち止まった。ドシンドシンと音を立ててこちらに向きを変え、鈍そうな目を瞬かせながら音のしたほうを見た。卑しい小さな目がハリーを捕らえた。一瞬迷ったようだったが、今度はハリーに棍棒を振り上げて近づいてきた。

「やーい、ウスノロ！」

ロンが反対側からさけんで、金属パイプを投げつけた。トロールはパイプが肩に当たってもなにも感じないようだったが、それでもさけび声は聞こえたらしくまた立ち止まった。醜い鼻面を今度はロンのほうに向けたので、ハリーはその後ろに回り込む余裕ができた。

「早く、走れ、走るんだ！」

ハリーはハーマイオニーに向かってさけびながら、ドアのほうへ引っ張ろうとした。しかし、ハーマイオニーは動けなかった。恐怖で口を開けたまま、壁にぴたりと貼りついてしまったようだ。

さけび声とトイレに反響するこだまが、トロールを逆上させたようだ。ふたたびうなり声を上げて、一番近くにいる、もはや逃げ場のないロンに向かってきた。

その瞬間ハリーは、勇敢とも無謀とも言える行動に出た。走っていって後ろからトロールに飛びつき、腕をトロールの首根っこに巻きつけた。トロールにとってハリーが首にぶら下がっていることなど感じもしないが、さすがに長い棒切れが鼻に突き刺されば気にはなる。ハリーは杖を持ったままトロールに飛びついていた――杖は見事にトロールの鼻の穴を突き上げた。

痛みにうなり声を上げながらトロールは棍棒をめったやたらと振り回したが、ハリーは渾身(こんしん)の力でしっかりとしがみついた。トロールはしがみついているハリーを振りはらおうともがき、いまにも棍棒でハリーに強烈な一撃を食らわしそうだった。

ハーマイオニーは恐ろしさのあまり床に座り込んでいる。ロンは自分の杖を取り出した——自分でもなにをしようとしているのかわからぬまま、最初に頭に浮かんだ呪文を唱えた。

「ウィンガーディアム　レヴィオーサ！」

突然棍棒（こんぼう）がトロールの手から飛び出し、空中を高く高く上がってゆっくり一回転した後、ボクッといういやな音を立てて持ち主の頭の上に落ちた。トロールはふらふらっとしたかと思うと、ドサッと音を立ててその場にうつ伏せに伸びてしまった。倒れた衝撃で部屋中が揺れた。

立ち上がったハリーは、ぶるぶる震え、息も絶え絶えだ。ロンはまだ杖を振り上げたまま突っ立って、自分のしたことをぼうっと見ている。

ハーマイオニーがやっと口をきいた。

「これ……死んだの？」

「いや、ノックアウトされただけだと思う」

ハリーはかがみ込んで、トロールの鼻から自分の杖を引っ張り出した。灰色の糊（のり）の塊（かたまり）のような物がベットリとついていた。

「うぇー、トロールの鼻汁だ」

ハリーはそれをトロールのズボンで拭き取った。

突然のバタンという音に続いてバタバタと足音が聞こえ、三人は顔を上げた。どんなに大騒動だったか三人は気づきもしなかったが、物が壊れる音やトロールのうなり声を、階下のだれかが聞きつけたにちがいない。まもなくマクゴナガル先生が飛び込んできた。そのすぐあとにスネイプ、最後はクィレルだった。

クィレルはトロールを一目見たとたん、ヒィヒィと弱々しい声を上げ、胸を押さえてトイレに座り込んでしまった。

スネイプはトロールをのぞき込んだ。マクゴナガル先生はハリーとロンを見すえた。ハリーは、こんなに怒った先生の顔をはじめて見た。唇が蒼白だ。グリフィンドールに五〇点もらえるかな、というハリーの望みは、あっという間に消え去った。

「いったいあなた方はどういうおつもりなのですか」

マクゴナガル先生の声は冷静だったが怒りに満ちていた。ハリーはロンを見た。まだ杖を振り上げたままの格好で立っている。

「殺されなかっただけでも運がよかった。寮にいるべきあなた方がどうしてここにいるのですか？」

スネイプはハリーに、すばやく鋭い視線を投げかけた。ハリーはうつむいた。ロンが杖を下ろせばいいのにと思いながら。

そのとき暗がりから小さな声がした。

「マクゴナガル先生。聞いてください——二人とも私を探しにきたんです」

「ミス・グレンジャー！」

ハーマイオニーはやっと立ち上がった。

「私がトロールを捕らえにきたんです。私……私ひとりでやっつけられると思いました——あの、本で読んでトロールについてはいろいろなことを知っていたので」

ロンは杖を取り落とした。ハーマイオニー・グレンジャーが先生に真っ赤な嘘をついている？

「もし二人が見つけてくれなかったら、私、いまごろ死んでいました。ハリーは杖をトロールの鼻に刺し込んでくれ、ロンはトロールの棍棒でノックアウトしてくれました。二人ともだれかを呼びにいく時間などなかったんです。二人がきてくれたとき、私、もう殺される寸前で……」

ハリーもロンも、そのとおりです、という顔を装った。

「まあ、そういうことでしたら……」マクゴナガル先生は三人をじっと見た。

「ミス・グレンジャー、なんと愚かしいことを。たった一人で野生のトロールを捕まえようなんて、そんなことをどうして考えたのですか？」

ハーマイオニーはうなだれた。ハリーは言葉も出なかった。規則を破るなんて、ハーマイオニーは絶対そんなことをしない人間だ。その彼女が規則を破ったふりをしている――僕たちをかばうために。まるでスネイプが菓子をみんなに配りはじめたようなものだ。

「ミス・グレンジャー、グリフィンドールから五点減点です。あなたには失望しました。けががないならグリフィンドール塔に帰ったほうがよいでしょう。生徒たちが、さっき中断したパーティの続きを寮でやっています」

ハーマイオニーは帰っていった。

マクゴナガル先生は今度はハリーとロンに向きなおった。

「先ほども言いましたが、あなたたちは運がよかったのです。でもおとなの野生トロールと対決できる一年生はそうざらにはいません。一人五点ずつあげましょう。ダンブルドア先生にご報告しておきます。帰ってよろしい」

急いで部屋を出て、二つ上の階に上がるまで二人はなにも話さなかった。なにはともあれ、トロールのあの臭いから逃れられたのはうれしかった。

「二人で一〇点は少ないよな」

とロンがぶつくさ言った。

「二人で五点だろ。ハーマイオニーの五点を引けば」とハリーが訂正した。

「ああやって彼女が僕たちを助けてくれたのはたしかにありがたかったよ。だけど、僕たちがあいつを助けたのも確かなんだぜ」

「僕たちが鍵をかけてやつをハーマイオニーと一緒に閉じ込めたりしなかったら、助けはいらなかったかもしれないよ」ハリーはロンに正確な事実を思い出させた。

二人は太った婦人（レディ）の肖像画の前に着いた。

「豚の鼻（ピッグスナウト）」の合言葉で、二人は中に入った。

談話室は人がいっぱいで、ガヤガヤしていた。みな談話室に運ばれてきた食べ物を食べていた。ハーマイオニーだけが一人ポツンと扉のそばに立って二人を待っていた。互いに気まずい一瞬が流れた。そして、三人とも顔を見もせず、互いに「ありがとう」と言った後、急いで食べ物を取りにいった。

それ以来、ハーマイオニー・グレンジャーは二人の友人になった。共通の経験を経ることで互いを好きになる、そんな特別な場合もあるものだ。四メートルもあるトロールをノックアウトしたという経験は、まさしくそれだった。

第11章 クィディッチ

十一月に入ると、一段と寒さが増した。学校を囲む山々は灰色に凍りつき、湖は冷たい鋼のように張りつめていた。校庭には毎朝霜が降り、窓から見下ろせば、クィディッチ競技場のピッチで箒の霜取りをするハグリッドの姿が見えた。丈長のモールスキン・コートにくるまり、ウサギの毛の手袋をはめ、ビーバー皮のばかでかいブーツをはいていた。

クィディッチ・シーズンの到来だ。何週間もの練習を終え、土曜日はいよいよハリーの初試合がある。グリフィンドール対スリザリンだ。グリフィンドールが勝てば、寮対抗戦の二位に浮上する。

チームの秘密兵器として、ハリーのことは一応「極秘」というのがウッドの作戦だったので、ハリーが練習しているところを見た者はいなかった。ところがハリーがシーカーだという「極秘」情報は、なぜかとっくにみなが知っていた。きっとすばらしいプレイをするだろうねと期待されたり、ハリーの下をマットレスを持って右往左往することになるだろうよとけなされたり――ハリーにとってはどちらを取っても、ありがたくはなかった。

ハーマイオニーと友達になれたことは、ハリーにとって幸運だった。ハーマイオニーがいなかったら、クィディッチの練習が追い込みに入ってからのウッドのしごきの中で、あれだけの宿題をこなすのはとうていむりだったろう。それに『クィディッチ今昔(いまむかし)』という本も貸してくれた。これがまたおもしろい本だった。

ハリーはこの本でいろいろなことを学んだ。クィディッチには七百もの反則があり、その全部が一四七三年の世界選手権で起きたこと、シーカーは普通一番小さくて速い選手がなり、大きな事故といえばシーカーに起きやすいこと、試合中の死亡事故はまずないが、何人かの審判が試合中に消えてしまい、数か月後にサハラ砂漠で見つかったこと、などが知られている。

ハーマイオニーは、野生トロールから助けてもらって以来、規則を破ることに少しは寛大になり、おかげでずいぶんやさしくなっていた。ハリーのデビュー戦の前日のこと、三人は休み時間に凍りつくような中庭に出ていた。ハーマイオニーは魔法で鮮やかなブルーの火を出してくれた。ジャムの空き瓶(びん)に入れて持ち運びできる火だった。火に背中を当てて暖まっていると、スネイプがやってきた。片足を引きずっているることに、ハリーはすぐ気づいた。火は禁止されているにちがいないと思い、スネイプから見えないように三人はぴたりとくっついた。しかし不覚にも、いかにも悪さをしているような顔つきがその目に止まってしまい、スネイプが足を引きずりながら近づいてきた。火は見つからなかったが、スネイプはなにか小言を言う口実を探しているようだった。

「ポッター、そこに持っているのはなにかね？」

ハリーは『クィディッチ今昔』を差し出した。

「図書館の本は校外に持ち出してはならん。よこしなさい。グリフィンドール五点減点」

スネイプが行ってしまうと、「規則をでっち上げたんだ」とハリーは怒ってブツブツ言った。

「だけど、あの足はどうしたんだろう？」

「知るもんか、でも、ものすごく痛いといいよな」とロンもくやしがった。

その夜、グリフィンドールの談話室は騒々しかった。ハリー、ロン、ハーマイオニーは一緒に窓際に席を取って、ハーマイオニーがハリーとロンの呪文の宿題をチェックしていた。答えを丸写しはさせてくれなかったが（それじゃ覚えないでしょ？）、宿題に目を通してくれるよう頼めば、結局は正しい答えを教えてもらうのと同じになった。

ハリーは落ち着かなかった。『クィディッチ今昔（いまむかし）』を返してもらい、試合のことで高ぶる神経を本を読んでまぎらわしたかった。なんでスネイプをそんなに怖がらなくてはいけないんだ？　ハリーは立ち上がり、本を返してもらってくる、と二人に宣言した。

「ひとりで大丈夫？」

あとの二人が口を揃えて言った。ハリーには勝算があった。他の先生がそばにいたら、スネイプも断れないだろう。

ハリーは職員室のドアをノックした。答えがない。もう一度ノックする。反応がない。

スネイプは職員室に本を置きっぱなしにしているかもしれない？　のぞいてみる価

値ありだ。ドアを少し開けて中をうかがう。すると、とんでもない光景が目に飛び込んできた。

部屋にはスネイプとフィルチだけしかいない。スネイプはガウンを膝(ひざ)までたくし上げている。片方の足が傷だらけの血だらけだ。フィルチがスネイプに包帯を渡していた。

「いまいましいヤツだ。三つの頭に同時に注意するなんてできるか?」

スネイプがそう言うのが聞こえた。

ハリーはそっとドアを閉めようとした。だが……、

「ポッター!」

スネイプは怒りに顔をゆがめ、急いでガウンを下ろして足を隠した。

「本を返してもらえたらと思って」

ハリーはゴクリと唾を飲んだ。

「出ていけ、失せろ!」

スネイプがグリフィンドールを減点しないうちに、ハリーは寮まで全速力で駆けもどった。

「返してもらった?　どうかしたのかい」

もどってきたハリーにロンが声をかけた。ハリーはいま見てきたことをヒソヒソ声で二人に話した。

「わかるだろう、どういう意味か」

ハリーは息もつかずに話した。

「ハロウィーンの日、三頭犬の裏をかこうとしたんだ。僕たちが見たのはそこへ行く途中だったんだよ――あの犬が守っている物を狙ってるんだ。トロールは絶対あいつが入れたんだ、みんなの注意をそらすために……箒(ほうき)を賭けてもいい」

「ちがう。そんなはずないわ」ハーマイオニーは目を見開いて言った。「たしかに意地悪だけど、ダンブルドアが守っている物を盗もうとする人ではないわ」

「おめでたいよ、君は。先生はみんな聖人だと思っているんだろう」

ロンは手厳しく言った。

「僕はハリーとおんなじ考えだな。スネイプならやりかねないよ。だけどなにを狙ってるんだろう？　あの犬、なにを守ってるんだろう？」

ハリーは、ベッドに入ってもロンと同じ疑問が頭の中でぐるぐる回っていた。ネビルは隣で大いびきをかいていたが、ハリーは眠れなかった。なにも考えないようにしよう――眠らなくちゃ、あと数時間でクィディッチの初試合なんだから――しかし、ハリーに足を見られたときのスネイプのあの表情は、そう簡単に忘れることができなかった。

夜が明けて、晴れ渡った寒い朝がきた。大広間はこんがり焼けたソーセージのおいしそうな匂いと、クィディッチの好試合を期待する高揚感あふれるざわめきで満たされていた。

「朝食、しっかり食べないと」

「なにも食べたくないよ」

「トーストをちょっとだけでも」ハーマイオニーがやさしく言った。

「お腹空いてないいんだよ」

あと一時間もすればピッチに入場すると思うと、最悪の気分だった。

「ハリー、力をつけておけよ。シーカーは真っ先に敵に狙われるぞ」

シェーマス・フィネガンが忠告した。

「わざわざご親切に」

シェーマスが自分の皿のソーセージにケチャップを山盛りにしぼり出すのを眺めながら、ハリーが答えた。

十一時には、学校中がクィディッチ競技場の観客席に詰めかけていた。双眼鏡を持っている生徒もたくさんいる。観客席は空中高くに設けられていたが、それでも試合の動きが見にくいこともあった。

ロンとハーマイオニーは、ネビル、シェーマス、ウエストハム・サッカーチームのファンのディーンたちと一緒に最上段に陣取った。ハリーをびっくりさせてやろうと、スキャバーズがかじってボロボロにしたシーツで大きな旗を作り、「ポッターを大統領に」と書いて、その下に絵のうまいディーンがグリフィンドール寮のシンボルのライオンを添えた。ハーマイオニーがちょっと複雑な魔法をかけて、絵がいろいろな色に光るようになっている。

一方、更衣室では、選手たちがクィディッチ用の真紅のローブに着替えていた（スリザリンは緑色だ）。

ウッドが咳ばらいをして選手たちを静かにさせた。

「いいか、野郎ども」

「あら、女もいるのよ」

チェイサーのアンジェリーナ・ジョンソンがつけ加えた。

「そして女性諸君」ウッドが訂正する。「いよいよだ」

「大試合だぞ」フレッド・ウィーズリーが声を張り上げた。

「待ち望んでいた試合だ」ジョージ・ウィーズリーが続けた。

「オリバーのスピーチなら空で言えるよ。僕らは去年もチームにいたからね」

フレッドがハリーに話しかけた。

「黙れよ。そこの二人」とウッドがたしなめた。

「今年は、ここ何年ぶりかの最高のグリフィンドール・チームだ。この試合はまちがいなくいただきだ」

そしてウッドは「負けたら承知しないぞ」とでも言うように全員を睨みつけた。

「よーし。さあ時間だ。全員、がんばれよ」

ハリーはフレッドとジョージのあとについて更衣室を後にし、膝が震えませんようにと祈りながら大歓声に迎えられてピッチに出た。

マダム・フーチが審判だ。ピッチの真ん中に立ち、箒を手に両チームを待っていた。

「さあ、みなさん、正々堂々戦いましょう」

全選手がまわりに集まるのを待って先生が宣言した。どうもスリザリンのキャプテン、五年生のマーカス・フリントに向かって言っているらしいことが、ハリーにもわかった。フリントって、トロールの血が流れているみたいだ、とハリーは思った。ふと旗が目に入った。「ポッターを大統領に」と点滅しながら、大観衆の頭上に高々とはためいている。ハリーは心が躍り、勇気がわいてきた。

「よーい、箒に乗って」

ハリーはニンバス2000にまたがった。

フーチ審判の銀の笛が高らかに鳴った。

十五本の箒が一斉に空へ舞い上がる。高く、さらに高く。

試合開始だ。

「さて、クアッフルはたちまちグリフィンドールのアンジェリーナ・ジョンソンが取りました――なんとすばらしいチェイサーでしょう。その上かなり魅力的であります」

「ジョーダン！」

「失礼しました、先生」

双子のウィーズリーの仲間、リー・ジョーダンが、マクゴナガル先生の厳しい監視を受けながら実況放送をしている。

「ジョンソン選手、突っ走っております。アリシア・スピネットにきれいなパス。オリバー・ウッドはよい選手を見つけたものです。去年はまだ補欠でした――ジョンソンにクアッフルが返る、そして――あっ、だめです。スリザリンがクアッフルを奪いました。キャプテンのマーカス・フリントが取って走る――鷲のように舞い上がっています――ゴールを決めるか――いや、グリフィンドールのキーパー、ウッドがすばらしい動きで、防ぎました。クアッフルはふたたびグリフィンドールへ――あっ、あれはグリフィンドールのチェイサー、ケイティ・ベルです。フリントのまわりですばらしい急降下。ゴールに向かって飛びます――あいたっ！　――これは痛かった。ブラッジャーが後頭部にぶつかりました――クアッフルはスリザリンに取られました――今度はエイドリアン・ピュシーがゴールに向かってダッシュしています。しかし、これは別のブラッジャーに阻まれました――フレッドなのかジョージなのか見分けはつきませんが、ウィーズリーのどちらかが狙い撃ちをかけました――グリフィンドール、ビーターのファインプレイですね。そしてクアッフルはふたたびジョンソンの手に。前方にはだれもいません。さあ飛び出しました――ジョンソン選手――ブラッジャーがものすごいスピードで襲うのをかわします――ゴールは目の前だ――がんばれ、いまだ、アンジェリーナ――キーパーのブレッチリーが飛びつく――が、ミス

「グリフィンドール　先取点！」

グリフィンドールの大歓声が寒空いっぱいに広がった。スリザリン側からヤジとため息が上がった。

「ちょいと詰めてくれや」

「ハグリッド！」

ロンとハーマイオニーはギュッと詰めて、ハグリッドが一緒に座れるよう広く場所を空けた。

「おれも小屋から見ておったんだが……」

首からぶら下げた大きな双眼鏡をポンポンたたきながらハグリッドが言った。

「やっぱり、観客に交じって見るのとはまたちがうのでな。スニッチはまだ現れんか、え？」

「まだだよ。いまのところハリーはあんまりすることがないよ」ロンが答えた。

「トラブルに巻き込まれんようにしておるんだろうが。それだけでもええ」

ハグリッドは双眼鏡を上に向けて豆粒のような点をじっと見た。それがハリーだった。

はるか上空で、ハリーはスニッチを探して目を凝らしながら、試合を眼下にスイスイ飛び回っていた。これがハリーとウッドの立てた作戦だった。

「スニッチが目に入るまでは、みんなから離れてるんだ。あとでどうしたって攻撃される。それまでは安全なところにいろ」

とウッドから言われていた。

アンジェリーナが点を入れたとき、ハリーは二、三回宙返りをしてうれしさを発散させたが、いまはまたスニッチ探しにもどっている。一度パッと金色に光るものが見えたが、ウィーズリーの腕時計が反射しただけだった。また一度はブラッジャーがまるで大砲の弾のような勢いで襲ってきたが、ハリーはひらりとかわし、そのあとでフレッド・ウィーズリーが球を追いかけてやってきた。

「ハリー、大丈夫か？」

そうさけぶなりフレッドは、ブラッジャーをマーカス・フリントめがけて勢いよくたたきつけた。

リー・ジョーダンの実況放送は続く。

「さて今度はスリザリンの攻撃です。チェイサーのピュシーはブラッジャーを二つかわし、双子のウィーズリーをかわし、チェイサーのベルをかわして、ものすごい勢いでゴ……ちょっと待ってください――あれはスニッチか？」

エイドリアン・ピュシーは、左耳をかすめた金色の閃光を振り返るのに気を取られて、クアッフルを落としてしまった。観客席がざわめきたった。

ハリーはスニッチを見た。興奮の波が一気に押し寄せてくる。ハリーは金色の光線を追って急降下した。スリザリンのシーカー、テレンス・ヒッグズも見つけた。スニッチを追って二人は追いつ追われつの大接戦だ。チェイサーたちも自分の役目を忘れてしまったように、宙に浮いたまま二人のシーカーの動きを眺めている。

ハリーのほうがヒッグズより速かった――小さなボールが羽をパタパタさせて目の前を矢のように飛んでいくのがはっきり見えた――ハリーは一段とスパートをかけた。

グヮーン！　グリフィンドール席から怒りの声がわき上がった。マーカス・フリントが故意にハリーの邪魔をしたのだ。ハリーの箒はほうきはじき飛ばされてコースを外れ、ハリーは辛うじて箒にしがみついていた。

「反則だ！」

グリフィンドール寮生が口々にさけんだ。フーチ先生はフリントに厳重注意を与え、グリフィンドールにゴール・ポストに向けてのフリー・シュートを与えた。ゴタゴタしているうちに、スニッチはまた見えなくなってしまった。

下の観客席ではディーン・トーマスが大声でさけんでいる。

「退場させろ。審判！　レッドカードだ！」

「サッカーじゃないんだよ、ディーン」ロンがなだめた。「クィディッチに退場はないんだよ。ところで、レッドカードって、なに？」

ハグリッドはディーンに味方した。

「ルールを変えるべきだわい。フリントはもうちょっとでハリーを地上に突き落とすとこだった」

リー・ジョーダンの中継も中立を保つのが難しくなった。

「えー、だれが見てもはっきりと、胸くその悪くなるようなインチキのあと……」

「ジョーダン！」

マクゴナガル先生が凄味をきかせた。

「えーと、おおっぴらで不快なファウルののち……」

「ジョーダン、いいかげんにしないと――」

「はい、はい、了解。フリントはグリフィンドールのシーカーを殺しそうになりました。だれにでもありうるようなミスですね、きっと。そこでグリフィンドールのペナルティー・シュートです。スピネットが投げました。決まりました。さあ、ゲーム続行。クアッフルはグリフィンドールが持ったままです」

二度目のブラッジャーをハリーがかわし、球が獰猛に回転しながらハリーの頭上をすれすれに通り過ぎたちょうどそのとき……箒が急に肝を冷やすような揺れ方をした。一瞬、落ちると思った。ハリーは両手と膝で箒をしっかり押さえた。こんなのははじめてだ。

またきた。箒がハリーを振り落とそうとしているみたいだ。しかし、ニンバス２０００が急に乗り手を振り落とそうとしたりするわけがない。ハリーは向きを変えてグリフィンドールのゴール・ポストのほうに行こうとした。ウッドにタイムを取ってもらおうかどうしようか、ハリーは決めかねていた。ところが気がつくと箒はまったく言うことを聞かなくなっていた。方向転換ができない。まったく方向が指示できないのだ。空中をジグザグに飛び、ときどきシューッと激しく揺れ動いてハリーはあわや振り落とされるところだった。

リーは実況放送を続けている。

「スリザリンの攻撃です――クアッフルはフリントが持っています――スピネットが抜かれた――ベルが抜かれた――あ、ブラッジャーがフリントの顔にぶつかりました。鼻をへし折るといいんですが――ほんの冗談です、先生――スリザリンの得点です――あーあ……」

スリザリンは大歓声だった。ハリーの箒が変な動きをしていることにはだれも気づかないようだ。ハリーを乗せたまま、グイッと動いたり、ピクピクッと動いたりしながら、上へ上へ、ゆっくりとハリーを試合から引き離していった。

「いったいハリーはなにをしとるんだ」

双眼鏡でハリーを見ていたハグリッドがブツブツ言った。

「あれがハリーじゃなけりゃ、箒のコントロールを失ったんじゃないかと思うわな……しかしハリーにかぎってそんなこたぁ……」

突然、観客があちこちでいっせいにハリーのほうを指さした。箒がぐるぐる回りはじめたのだ。ハリーは辛うじてしがみついている。次の瞬間、全員が息を呑んだ。箒は荒々しく揺れ、ハリーを振り飛ばしそうだ。いまやハリーは片手だけで箒の柄にぶら下がっている。

「フリントがぶつかったとき、どうかしちゃったのかな？」

シェーマスがつぶやいた。

「そんなこたぁない。強力な闇の魔術以外、箒に悪さはできん。チビどもなんぞ、ニンバス2000にはそんな手出しはできん」

ハグリッドの声はぶるぶる震えていた。

その言葉を聞くやハーマイオニーはハグリッドの双眼鏡をひったくり、ハリーではなく、観客席のほうをなにかに取りつかれたように見回した。

「なにしてるんだよ」真っ青な顔でロンがうめいた。

「思ったとおりだわ」ハーマイオニーは息を呑(の)んだ。

「スネイプよ……見てごらんなさい」

ロンが双眼鏡をもぎ取った。向かい側の観客席の真ん中にスネイプが立っていた。ハリーから目を離さず、絶え間なくブツブツつぶやいている。

「なにかしてる――箒(ほうき)に呪いをかけているんだわ」ハーマイオニーが言った。

「僕たち、どうすりゃいいんだ?」

「私に任せて」

ロンが次の言葉を言う前に、ハーマイオニーの姿は消えていた。ロンは双眼鏡をハリーに向けた。箒は激しく震え、ハリーもこれ以上つかまっていられないようだった。観客は総立ちだ。恐怖で顔をひきつらせて見上げている。双子のウィーズリーがハリーに近づいていった。自分たちの箒に乗り移らせようとしたが、だめだ。近づくたびに、ハリーの箒はさらに高く飛び上がってしまう。双子はハリーの下で輪を描くように飛びはじめた。落ちてきたら下でキャッチするつもりらしい。マーカス・フリントはクアッフルを奪い、だれにも気づかれず、五回も点を入れた。

「早くしてくれ、ハーマイオニー」ロンは必死で祈った。

ハーマイオニーは観衆をかき分けてスネイプが立っているスタンドまでたどり着き、スネイプの一つ後ろの列を疾走していた。途中でクィレルとぶつかってなぎ倒し、クィレルが頭からつんのめるように前の列に落ちても、ハーマイオニーは立ち止まりも謝りもしなかった。スネイプの背後に回ったハーマイオニーはそっとうずくまり、杖を取り出して二言三言しっかり言葉を選んでつぶやいた。杖から明るいリンドウ色の炎が飛び出し、スネイプのマントの裾に燃え移った。三十秒もすると、スネイプは自分に火がついているのに気づいた。鋭い悲鳴が上がったの聞いて、ハーマイオニーはこれでうまくいったとばかりに火をすくい取り、小さな空き瓶に納めてポケットに入れると、人込みにまぎれ込んだ――スネイプはなにが起こったのかわからずじまいだろう。

それで十分だった。空中のハリーはふたたび箒にまたがれるようになっていた。

「ネビル、もう見ても怖くないよ！」

ロンが呼びかけた。ネビルはこの五分間、ハグリッドのジャケットに顔を埋(うず)めて泣きっぱなしだった。

ハリーは急降下した。観衆が見たのは、ハリーが手で口をパチンと押さえたところだった。まるで気分が悪くなって吐こうとでもしているようだ――そして、四つん這(ば)いになって着地し――コホン――金色のなにかがハリーの手のひらに落ちた。

「スニッチを取ったぞ！」

頭上高くスニッチを振りかざし、ハリーがさけんだ。大混乱の中で試合は終わった。

「あいつは取ったんじゃない。飲み込んだんだ」

二十分経ってもフリントはまだわめいていたが、結果は変わらなかった。ハリーはルールを破ってはいない。リー・ジョーダンは大喜びで、まだ試合結果をさけび続けていた。

「グリフィンドールの勝利、一七〇対六〇で勝ちました！」

一方、ハリーは試合のあとも続いた騒ぎの渦中にはいなかった。ロン、ハーマイオニーと一緒にハグリッドの小屋で、濃い紅茶を飲んでいたのだ。

「スネイプだったんだよ」とロンが説明した。

「ハーマイオニーも僕も見たんだ。君の箒にブツブツ呪いをかけていた。ずっと君から目を離さずにね」

「ばかな」

ハグリッドは自分のすぐそばの観客席でのやりとりを、試合中一言も聞いていなかったのだ。

「なんでスネイプがそんなことをする必要がある？」

三人は互いに顔を見合わせ、どう言おうかと迷っていたが、ハリーは本当のことを言おうと決めた。

「僕、スネイプについて知ってることがあるんだ。ハロウィーンの日、あいつ、三頭犬の裏をかこうとして嚙まれたんだよ。なにかは知らないけど、あの犬が守ってる物をスネイプが盗ろうとしたんじゃないかと思うんだ」

ハグリッドはティーポットを落とした。

「なんでフラッフィーを知ってるんだ？」

「フラッフィー？」

「そう、あいつの名前だ——去年パブで会ったギリシャ人のやつから買ったんだ

——おれがダンブルドアに貸した。守るため……」

「なにを？」ハリーが身を乗り出した。

「もう、これ以上聞かんでくれ。重大秘密なんだ、これは」

ハグリッドがぶっきらぼうに言った。

「だけど、スネイプが盗もうとしたんだよ」

ハグリッドはまた「ばかな」を繰り返した。

「スネイプはホグワーツの教師だ。そんなことするわけなかろうが」

「ならどうしてハリーを殺そうとしたの？」ハーマイオニーがさけんだ。

午後の出来事が、スネイプに対するハーマイオニーの考えを変えさせたようだ。

「ハグリッド。私、呪いをかけてるかどうか、一目でわかるわ。たくさん本を読んだんだから！　じーっと目をそらさずに見続けるの。スネイプは瞬き一つしなかったわ。この目で見たんだから！」

「おまえさんはまちがっとる！　おれが断言する」

ハグリッドも譲らない。

「なんでハリーの箒があんな動きをしたんか、おれにはわからん。だがスネイプは生徒を殺そうとしたりはせん。三人ともよく聞け。おまえさんたちは関係のないことに首を突っ込んどる。危険だ。あの犬のことも、犬が守ってる物のことも忘れるんだ。あれはダンブルドア先生とニコラス・フラメルの……」

「えっ！」

ハリーは聞き逃さなかった。

「ニコラス・フラメルっていう人が関係してるんだね？」

ハグリッドは口が滑った自分自身に、強烈に腹を立てているようだった。

第12章　みぞの鏡

もうすぐクリスマス。十二月も半ばのある朝、目覚めればホグワーツは、深い雪に覆われ湖はカチカチに凍りついていた。魔法をかけた雪玉をクィレルにつきまとわせてターバンの後ろでポンポンはね返るようにしたという理由で、双子のウィーズリーが罰を受けた。猛吹雪をくぐってやっと郵便を届けた数少ないふくろうは、元気を回復して飛べるようになるまで、ハグリッドの世話を受けていた。

みなクリスマス休暇を待ち望んでいた。グリフィンドールの談話室や大広間には轟々(ごうごう)と火が燃えていたが、廊下の空気は氷のように冷たく、身を切るような風が教室の窓をガタガタ鳴らした。最悪なのはスネイプ教授の地下牢教室だった。吐く息が白い霧のように立ち上り、生徒たちは熱い釜にできるだけ近づいて暖を取った。

「かわいそうに」

魔法薬の授業で、ドラコ・マルフォイが言った。

「クリスマスなのに、家に帰ってくるなと言われてホグワーツに居残るやつもいるんだね」

そう言いながらハリーの様子をうかがっている。クラッブとゴイルがクスクス笑った。カサゴの脊椎（せきつい）の粉末を計っていたハリーは、三人をまったく無視した。先日のクィディッチの試合以来、マルフォイはますますいやなやつになっていた。スリザリンが負けたことを根に持って、ハリーを笑い者にしようと、「次の試合には大きな口の『木登り蛙』がシーカーになるぞ」と囃（はや）したてた。

だれも笑わなかった。乗り手を振り落とそうとした箒（ほうき）に見事にしがみついていたハリーに、みなとても感心していたからだ。妬（ねた）ましいやら腹立たしいやらで、マルフォイはまた古い手に切り替え、ハリーにちゃんとした家族がないことを嘲（あざ）けった。

クリスマスにプリベット通りに帰るつもりはなかった。先週、マクゴナガル先生がクリスマスに寮に残る生徒の名簿を回した際、ハリーはすぐに名前を書いた。自分が哀れだとは全然考えなかったし、むしろいままでで最高のクリスマスになるだろうと期待していた。ロンもウィーズリー三兄弟も、両親がチャーリーに会いにルーマニアに行くので学校に残ることになっていた。

魔法薬の授業を終えて地下牢を出ると、行く手の廊下を大きな樅の木がふさいでいた。木の下から突き出た二本の巨大な足とフウフウ大きな息づかいから、ハグリッドが木をかついでいることがすぐにわかった。

「やあ、ハグリッド、手伝おうか」

ロンが枝の間から頭を突き出して申し出た。

「いんや、大丈夫。ありがとうよ、ロン」

「すみませんが、そこ、どいてもらえませんか」

後ろからマルフォイの気取った声が聞こえた。

「ウィーズリー、小遣い稼ぎですかね？　君もホグワーツを出たら森の番人になりたいんだろう——ハグリッドの小屋だって、君たちの家に比べたら宮殿みたいなんだろうねぇ」

ロンがまさにマルフォイに飛びかかろうとした瞬間、スネイプが階段を上がってきた。

「ウィーズリー！」

ロンはマルフォイの胸ぐらをつかんでいた手を離した。

「スネイプ先生、けんかを売られたんですよ」

ハグリッドがひげモジャの大きな顔を木の間から突き出してかばった。

「マルフォイがロンの家族を侮辱したんでね」

「そうだとしても、けんかはホグワーツの校則違反だろう、ハグリッド。ウィーズリー、グリフィンドールは五点減点。これだけですんでありがたいと思いたまえ。さあ諸君、行きたまえ」スネイプがよどみなく言い放った。

マルフォイ、クラッブ、ゴイルの三人はにやにやしながら乱暴に木の脇を通り抜け、針のような樅の葉をそこら中にまき散らした。

「覚えてろ」

ロンはマルフォイの背中に向かって歯ぎしりした。

「いつか、やっつけてやる……」

「マルフォイもスネイプも、二人とも大嫌いだ」とハリーが言った。

「さあさあ、元気出せ。もうすぐクリスマスだ」

ハグリッドが励ました。

「ほれ、一緒においで。大広間がすごいから」

三人はハグリッドと樅の木について大広間に行った。マクゴナガル先生とフリットウィック先生が忙しくクリスマスの飾りつけをしているところだった。

「あぁ、ハグリッド、最後の樅の木ね——あそこの角に置いてちょうだい」

広間はすばらしい眺めだった。柊や宿木が綱のように編まれて壁に飾られ、クリスマスツリーが十二本もそびえ立っていた。小さな氷柱でキラキラ光るツリーもあれば、何百という蠟燭で輝いているツリーもある。

「休みまであと何日だ？」ハグリッドがたずねた。

「あと一日よ」ハーマイオニーが答える。

「そう言えば——ハリー、ロン、昼食まで三十分あるから、図書室に行かなくちゃ」

「ああそうだった」

フリットウィック先生が魔法の杖からふわふわした金色の泡を出して、新しいツリーを飾りつけているのに見とれていたロンが、こちらに目を向けた。

ハグリッドは三人について大広間を出た。

「図書室？　休み前なのに？　おまえさんたち、ちぃっと勉強しすぎじゃないか？」

「勉強じゃないんだよ。ハグリッドがニコラス・フラメルって言ってからずっと、どんな人物か調べているんだよ」

ハリーが明るく答えた。

「なんだって？」

ハグリッドは驚いて言った。

「まあ、聞け――おれが言っただろうが――ほっとけ。あの犬がなにを守っているかなんて、おまえさんたちには関係ねえ」

「私たち、ニコラス・フラメルがだれなのかを知りたいだけなのよ」

「ハグリッドが教えてくれる？　そしたらこんな苦労はしないんだけど。僕たち、もう何百冊も本を調べたんだけど、どこにも出てないんだ――なにかヒントをくれないかなあ。僕、どっかでこの名前を見た覚えがあるんだ」とハリーが言った。

「おれはなんも言わんで」

ハグリッドはきっぱり断った。

「それなら、自分たちで見つけなくちゃ」とロンが結論づけた。

三人はむっつりしているハグリッドを残して図書室に急いだ。

ハグリッドがうっかり名前を漏らして以来、三人は本気でフラメルを調べ続けていた。スネイプがなにを盗もうとしているかを知るには、本を調べる以外に方法はない。ただやっかいなのは、フラメルが本に載るにしてもどの項目に載っているのかがわからないので、どこから探しはじめていいか見当もつかないことだった。「二十世紀の偉大な魔法使い」にも載っていなかったし、「現代の著名な魔法使い」にも「近代魔法界の主要な発見」、「魔法界における最近の進歩に関する研究」にも載っていなかった。図書室があまりに大きいのも問題だった。何万冊もの蔵書、何千もの書棚、何百もの細い通路は、ありすぎだ。

ハーマイオニーは調べる予定の内容と表題のリストを取り出し、ロンは通路を大股に歩きながら、並べてある本を書棚から手当たり次第に引っ張り出した。ハリーは「閲覧禁止」の書棚になんとなく近づいた。もしかしたらフラメルの名はこの中にあるのではないかと、ハリーはここしばらくそう考えていた。残念ながら、ここの本を見るには先生から特別許可をもらう必要があった。そして、絶対に許可はもらえないこともわかっていた。ここにはホグワーツでは決して教えない「強力な闇の魔法」に関する本があり、上級生が「闇の魔術に対する上級防衛法」を勉強するときにだけ読むことを許されるのだった。

「君、なにを探しているの？」司書のマダム・ピンスだ。

「いえ、別に」

「それなら、ここから出たほうがいいわね。さあ、出て――出なさい！」

マダム・ピンスは毛ばたきをハリーに向けて振った。

もっと気のきいた言い訳をとっさに考えたらよかったのに、と思いながらハリーは図書室を出た。ハリー、ロン、ハーマイオニーの間では、フラメルがどの本に出ているかマダム・ピンスには聞かない、という了解ができていた。聞けば教えてくれただろうが、三人の考えがスネイプの耳に入るような危険を冒すわけにはいかない。

図書室の外に出て、廊下で二人を待った。二人がなにか見つけてくるとは、ハリーもあまり期待していなかった。もう二週間も収穫なしだ。もっとも、授業の合間の短い時間にしか探せなかったので、見つからなくてもむりはない。できるなら、マダム・ピンスのしつこい監視を受けずに、ゆっくり探す必要があった。

五分後、ロンとハーマイオニーも首を横に振り振り出てきて、三人は昼食に向かった。

「私が家に帰っている間も、続けて探すでしょう？　見つけたら、ふくろうで知らせてね」

「君のほうは、家に帰ってフラメルについて聞いてみて。パパやママなら聞いても安全だろう？」とロンが言った。

「ええ、安全よ。二人とも歯医者だから」

ハーマイオニーは答えた。

クリスマス休暇になると楽しいことがいっぱいで、ロンもハリーもフラメルのことを忘れた。寝室には二人しかいなかったし、談話室もいつもより閑散として、暖炉のそばの心地よい肘掛椅子に座ることができた。何時間も座り込んで、串に刺せるものはおよそなんでも刺して火であぶって食べた――パン、トースト用のクランペット、マシュマロ――そして、マルフォイを退学させる策を練った。実現の可能性は低くとも、話すだけで楽しかった。

ロンはハリーに魔法使いのチェスを手ほどきした。マグルのチェスとまったく同じだったが、駒が生きているところがちがっていて、まるで戦争で軍隊を指揮している気持ちになる。ロンのチェスは古くてよれよれだった。ロンの持ち物はみな家族のだれかのお下がりなのだが、チェスはおじいさんのお古だと言う。しかし、古い駒だからといってまったく弱みにはならない。ロンはすべての駒の特性を知り尽くしていて、命令のままに駒は動いた。

ハリーはシェーマス・フィネガンから借りた駒を使っていたが、駒はハリーをまったく信用していなかった。新米プレイヤーのハリーに向かって駒が勝手なことをさけび、ハリーを混乱させた。

「私をそこに進めないで。あそこに敵のナイトがいるのが見えないのかい？　あっちの駒を進めてよ。あの駒なら取られてもかまわないから」

クリスマス・イブの夜、ハリーは明日のおいしいごちそうと楽しい催しを楽しみにベッドに入った。クリスマス・プレゼントのことなどまったく期待していなかったが、翌朝早くに目を覚ますと、真っ先にベッドの足元に置かれた小さなプレゼントの山が目に入った。

「メリークリスマス」

ハリーが急いでベッドから起き出してガウンを着ていると、ロンが寝ぼけまなこで声をかけてきた。

「メリークリスマス」

ハリーも挨拶を返した。

「ねぇ、これ見て？　プレゼントがあるよ」

「ほかになにがあるって言うの。大根なんて置いてあったってしようがないだろ？」

そう言いながらロンは、ハリーのより高く積まれた自分のプレゼントの山を開けはじめた。

ハリーは一番上の包みを取り上げた。分厚い茶色の包み紙に「ハリーへ　ハグリッドより」と走り書きしてあった。中には荒削りな木の横笛が入っていた。ハグリッドが自分で削ったものとすぐわかった。吹いてみると、ふくろうの鳴き声のような音がした。

次のはとても小さな包みで、メモが入っていた。

おまえの言づけを受け取った。クリスマス・プレゼントを同封する。
バーノンおじさんとペチュニアおばさんより

メモ用紙に五十ペンス硬貨がセロハンテープで貼りつけてあった。

「どうもご親切に」とハリーがつぶやいた。

ロンは五十ペンス硬貨に夢中になった。

「へんなの！――おかしな形。これ、ほんとにお金？」

「あげるよ」

ロンがあまりに喜ぶのでハリーは笑った。

「ハグリッドのと、おじさんとおばさんの――それじゃこれはだれからだろう？」

「僕、だれからだかわかるよ」

ロンが少し顔を赤らめて、大きなもっこりした包みを指さした。

「それ、ママからだよ。君がプレゼントをもらうあてがないって知らせたんだ。でも――あーあ、まさか『ウィーズリー家特製セーター』を君に贈るなんて」

ロンがうめいた。

ハリーが急いで包み紙を破ると、中から厚い手編みのエメラルドグリーンのセーターと大きな箱に入ったホームメイドのファッジが出てきた。

「ママは毎年僕たちのセーターを編むんだ」

ロンは自分の包みを開けた。

「僕のはいつだって栗色なんだ」

「君のママって、本当にやさしいね」

とハリーはファッジをかじりながら言った。とてもおいしかった。

次のプレゼントも菓子だった――ハーマイオニーからの蛙チョコレートの入った大きな箱だ。

もう一つ包みが残っていた。手に持ってみると、とても軽い。開けてみた。

銀ねず色の液体のようなものがスルスルと床に滑り落ちて、キラキラと折り重なった。ロンがはっと息を呑んだ。

「僕、これ、なんなのか、聞いたことがある」

た。

ロンはハーマイオニーから送られた百味（ひゃくみ）ビーンズの箱を思わず落とし、声をひそめた。

「もし僕の考えているものだったら——とってもめずらしくて、とっても貴重なものなんだ」

「なんだい？」

ハリーは輝く銀色の布を床から拾い上げた。水を織物にしたような不思議な手触りだった。

「これは透明マントだ」

ロンは貴いものを畏（おそ）れ敬うような表情で言った。

「きっとそうだ——ちょっと着てみて」

ハリーはマントを肩からかけた。ロンがさけび声を上げた。

「そうだよ！　下を見てごらん！」

言われて下を見ると、足がなくなっていた。ハリーは鏡の前に走っていった。鏡に映ったハリーの顔がこっちを見ていた。首だけが宙に浮いて、体はまったく見えなかった。マントを頭まで引き上げると、ハリーの姿は鏡から消えた。

「手紙があるよ！　マントから手紙が落ちたよ！」ロンがさけんだ。

ハリーはマントを脱いで手紙をつかんだ。ハリーには見覚えのない、風変わりな細長い文字でこう書いてあった。


君のお父さんが亡くなる前にこれを私に預けた。

君に返すときがきたようだ。

上手に使いなさい。

メリークリスマス

名前は書いてない。ハリーは手紙を見つめ、ロンはマントに見とれていた。

「こういうマントを手に入れるためだったら、僕、なんだってあげちゃう。ほんとになんでもだよ。どうしたんだい？」

「ううん、なんでもない」

奇妙な感じだった。だれがこのマントを送ってくれたんだろう。本当にお父さんのものだったのだろうか。

ハリーがそれ以上なにか言ったり考えたりする間も与えずに、寝室のドアが勢いよく開いて双子のフレッドとジョージが入ってきた。ハリーは急いでマントを隠した。

まだほかの人には知られたくなかった。

「メリークリスマス！」

「おい、見ろよ——ハリーもウィーズリー家のセーターを持ってるぜ！」

フレッドとジョージも青いセーターを着ていた。片方には黄色の大きな文字でフレッドのFが、もう一つにはジョージのGがついていた。

「でもハリーのほうが上等だな」

ハリーのセーターを手に取ってフレッドが言った。

「ママは身内じゃないとますます力が入るんだよ」

「ロン、どうして着ないんだい？　着ろよ。とっても暖かじゃないか」

とジョージが急かした。

「僕、栗色は嫌いなんだ」

気乗りしない様子でセーターを頭からかぶりながら、ロンがうめくように言った。

「イニシャルがついてないな」

ジョージが気づいた。

「ママは、おまえなら自分の名前を忘れないと思ったんだろう。でも僕たちだってばかじゃないさ——自分の名前ぐらい覚えているよ。グレッドとフォージさ」

「この騒ぎはなんだい？」

パーシー・ウィーズリーがたしなめるような目をしてドアから顔をのぞかせた。プレゼントを開けている途中だったらしく、腕にはもっこりしたセーターを抱えていた。フレッドが目ざとく見つけた。

「監督生（かんとくせい）のP！　パーシー、着ろよ。僕たちも着てるし、ハリーのもあるんだ」

「ぼく……いやだ……着たくない」

パーシーのメガネがずれるのもかまわず、双子がむりやり頭からセーターをかぶせたので、パーシーの声はセーターの中でもごもごとこもった。

「いいかい、君はいつも監督生たちと一緒のテーブルにつくんだろうけど、今日だけはだめだぞ。だってクリスマスは家族が一緒になって祝うものだろ」

ジョージが言い放ち、そのまま双子がパーシーの腕をセーターで押さえつけるようにして、じたばたするパーシーを一緒に連れていった。

こんなすばらしいクリスマスのごちそうは、ハリーにとってはじめてだった。丸々と太った七面鳥のロースト百羽、山盛りのローストポテトと茹（ゆ）でポテト、大皿に盛った太いチポラータ・ソーセージ、深皿いっぱいのバター煮の豆、銀の器に入ったこってりとした肉汁とクランベリーソース。テーブルのあちこちに魔法のクラッカーが山のように置いてあった。ダーズリー家ではプラスチックのおもちゃや薄いペラペラの紙帽子が入っているクラッカーを買ってきたが、そんなちゃちなマグルのクラッカーとは物がちがう。ハリーはフレッドと一緒にクラッカーの紐を引っ張った。パーンと破裂するどころではない。大砲のような音を立てて爆発し、青い煙がもくもくとまわり中に立ち込め、中から海軍少将の帽子と生きたハツカネズミが何匹も飛び出した。上座のテーブルではダンブルドア先生が自分の三角帽子と花飾りのついた婦人用の帽子とを交換してかぶり、クラッカーに入っていたジョークの紙をフリットウィック先生が読み上げるのを聞いて、愉快そうにクスクス笑っていた。

七面鳥の次はブランデーでフランベしたプディングが出てきた。パーシーの取った一切れにはシックル銀貨が入っていて、あやうく歯を折るところだった。ハグリッドはハリーが見ている間に何杯もワインをおかわりして、見る見る赤くなり、しまいにはマクゴナガル先生の頬にキスをした。マクゴナガル先生が、三角帽子が横にずれるのもかまわず頬を赤らめてクスクス笑ったので、ハリーは驚いた。

食事を終えテーブルを離れたハリーは、クラッカーから出てきたおまけをたくさん抱えていた。破裂しない光る風船、自分でできるイボ作りキット、新品のチェスセットなどだ。ハッカネズミはどこかへ消えてしまったが、結局ミセス・ノリスのクリスマスのごちそうになるのではないかと、ハリーにはいやな予感がした。

昼過ぎ、ハリーはウィーズリー四兄弟と猛烈な雪合戦を楽しんだ。びっしょり濡れて凍えそうになり、ゼイゼイ息を弾ませながらグリフィンドールの談話室にもどって、暖炉の前に座った。新しいチェスセットを使ったデビュー戦で、ハリーはものの見事にロンに負けた。パーシーがお節介をしなかったらこんなにも大負けはしなかったのに、とハリーは思った。

夕食は七面鳥のサンドイッチ、マフィン、トライフル、クリスマスケーキを食べ、みな満腹で眠くなり、それからベッドに入るまでなにをする気にもならず、フレッドとジョージに監督生バッジを取られたパーシーが二人を追いかけてグリフィンドール中を走り回っているのを眺めていただけだった。

ハリーにとってはいままでで最高のクリスマスだった。それなのになにか一日中、心の中に引っかかるものがあった。ベッドに潜ってからやっとそれがなんだったのかに気づいた——透明マントとその贈り主のことだ。

ロンは七面鳥とケーキで満腹になり、悩むような不可解なことも抱えていないので、天蓋つきベッドのカーテンを引くとたちまち寝入ってしまった。ハリーはベッドの端に寄って、下から透明マントを取り出した。

父さんのもの……これは父さんのものだったんだ。手に持つと、布はさらさらと絹よりも滑らかに、空気よりも軽やかに流れた。「上手に使いなさい」そう書いてあったっけ。

いま、試してみなければ。ハリーはベッドから抜け出し、マントを体に巻きつけた。足元を見ると月の光と影だけだ。とても奇妙な感じだった。

――上手に使いなさい――。

ハリーは、眠気が一気に吹き飛んだ。このマントを着ていればホグワーツ中を自由に歩き回れる。しんとした闇の中に立つと、興奮が体中にわき上がってきた。これさえあればどこでもどんなところでも、フィルチにも知られずに行くことができる。

ロンがブツブツ寝言を言っている。起こしたほうがいいかな？　いや、なにかがハリーを引き止めた――父さんのマントだ……ハリーはいまそれを感じた――はじめて使うんだ……僕ひとりでマントを使いたい。

寮を抜け出し、階段を降り、談話室を横切って肖像画の裏の穴を登った。

「そこにいるのはだれなの？」

太った婦人（レディ）が素っ頓狂（すっとんきょう）な声を上げた。ハリーは答えずに、早足で廊下を歩いた。

どこに行こう？　ハリーは立ち止まり、ドキドキしながら考えた。そうだ。図書室の閲覧禁止の棚に行こう。好きなだけ、フラメルがだれだかわかるまで調べられる。透明マントをぴっちりと体に巻きつけながら、ハリーは図書室に向かって歩いた。

図書室は真っ暗で気味が悪かった。ランプをかざして書棚の間を歩くと、ランプは宙に浮いているように見える。自分の手がランプを持っているのはわかっていても、ぞっとするような光景だった。

閲覧禁止の棚は奥にあった。ロープで他の棚と仕切られている。ハリーは慎重にロープをまたぎ、ランプを高く掲げて書名を見た。

書名を見てもよくわからない。背表紙の金文字がはがれたり色褪（いろあ）せたり、ハリーにはわからない外国語で書いてあったりした。書名のないものもある。血のような不気味な黒いしみのついた本が一冊あった。ハリーは首筋がぞくぞくした。本の間からヒソヒソ声が聞こえるような気がした。気のせいなのか――いや、そうではないかもしれない――まるで、そこにいてはいけない人間が入り込んでいるのを知っているかのようだった。

とにかくどこからか手をつけなければ――。ランプをそうっと床に置き、ハリーは一番下の段から見かけのおもしろそうな本を探しはじめた。黒と銀色の大きな本が目に入った。重くて引き出すのも大変だったが、やっと取り出して膝の上に載せバランスを取りながら本を開いた。

突然血も凍るような鋭い悲鳴が静寂を切り裂いた――本がさけび声を上げたのだ。ハリーは本をピシャリと閉じたが、耳をつんざくようなさけび声は途切れずに続いた。思わず後ろによろけた拍子にランプをひっくり返してしまった。灯がフッと消えた。気が動転する中で、廊下をこちらに向かってやってくる足音が聞こえた――さけぶ本を棚にもどし、ハリーは逃げた。案の定、出口付近でフィルチとすれちがった。血走った薄い色の目が、ハリーの体を突き抜けてその先を見ていた。ハリーはフィルチの伸ばした腕の下をすり抜けて廊下を疾走した。本の悲鳴がまだ耳を離れなかった。

ふと目の前に背の高い鎧が現れ、ハリーは急停止した。とにかく逃げるのに必死で、どこに逃げるかなど考える間もなかった。暗いせいだろうか、いまいったいどこにいるのかわからない。たしか、キッチンのそばに鎧があったはずだ。でもそこより五階ほど上にいるにちがいない。

「先生、だれかが夜中に校内を歩き回っていたら、直接先生にお知らせするんでしたよねぇ。だれかが図書室に、しかも閲覧禁止のところにいました」

ハリーは血の気の引く思いがした。ここがどこかはわからないが、フィルチは近道を知っているにちがいない。フィルチのねっとりした猫なで声が次第に近づいてくる。しかもなお恐ろしいことに返事をしたのは、スネイプだった。

「閲覧禁止の棚？　それならまだ遠くまで行くまい。捕まえられる」

フィルチとスネイプが前方の角を曲がってこちらにやってくる。ハリーはその場に釘づけになった。もちろんハリーの姿は見えないはずだが、狭い廊下だ、もっと近づいてくればハリーにまともにぶつかってしまう――マントはハリーの体そのものを消してはくれない。

ハリーはできるだけ静かにあとずさりした。左手のドアが少し開いていた。最後の望みの綱だ。息を殺し、ドアを動かさないようにして、ハリーは隙間からそっと滑り込んだ。よかった。二人に気づかれずに部屋の中に入ることができた。二人はハリーの真ん前を通り過ぎていった。壁に寄りかかり、足音が遠退いていくのを聞きながら、ハリーはフーッと深いため息をついた。危なかった。危機一髪だった。しばらく経つと、ハリーはやっと自分のいま隠れている部屋が見えてきた。

昔使われていた教室のような部屋だった。机と椅子が黒い影のように壁際に積み上げられ、ゴミ箱も逆さにして置いてある――ところが、ハリーの寄りかかっている壁の反対側の壁に、なんだかこの部屋にそぐわない物が立てかけてあった。邪魔にならないようにと、だれかがそこに寄せて置いたみたいだった。

天井まで届くような背の高い見事な鏡だ。金の装飾豊かな枠には、二本の鉤爪状（かぎづめじょう）の脚がついている。枠の上のほうに字が彫ってある。

「すつうを　みぞの　のろここ　のたなあ　くなはで　おか　のたなあ　はしたわ」＊

フィルチやスネイプの足音も聞こえなくなり、ハリーは落ち着きを取りもどしつつあった。鏡に近寄って透明の自分をもう一度見たくて、ハリーは真ん前に立ってみた。

ハリーは思わずさけび声を上げそうになり、両手で口をふさいだ。急いで振り返って、あたりを見回した。本がさけんだときよりもずっと激しく心臓が高鳴った――鏡に映ったのは自分だけではない。ハリーのすぐ後ろにたくさんの人が映っていたのだ。

しかし、部屋にはだれもいない。喘（あえ）ぎながら、もう一度ゆっくり、そっと鏡を振り返って見た。

ハリーが青白い脅えた顔で映っている。その後ろに少なくとも十人くらいの人がいる。肩越しにもう一度後ろを振り返って見た――だれもいない。それともみんなも透明なのだろうか？　この部屋には透明の人がたくさんいて、この鏡は透明でも映る仕

＊ 逆から読む

掛けなのだろうか？

もう一度鏡をのぞき込んでみた。ハリーのすぐ後ろに立っている女性が、ハリーにほほえみかけ、手を振っている。後ろに手を伸ばしてみても、空をつかむばかりだった。もし本当に女の人がそこにいるのなら、こんなにそばにいるのだから触れることができるはずなのに、なんの手応えもなかった――女の人もそのほかの人たちも、鏡の中にしかいなかった。

とてもきれいな女性だった。深みがかった赤い髪、目は……僕の目とそっくりだ。ハリーは鏡にさらに近づいてみた。明るい緑色の目だ――形も僕にそっくりだ。ハリーはその女の人が泣いているのに気づいた。ほほえみながら、泣いている。やせて背の高い黒髪の男性がそばにいて、腕を回して女性の肩を抱いている。男の人はメガネをかけていて、髪がくしゃくしゃで、後ろの毛が立っている。そう、ハリーと同じように。

鏡に近づきすぎて、鼻が鏡の中のハリーの鼻とくっつきそうになった。

「母さん？」ハリーはささやいた。「父さん？」

二人はほほえみながらハリーを見つめるばかりだった。ハリーは鏡の中の、二人以外の人々の顔もじっと眺めてみた。自分と同じような緑色の目の人、そっくりな鼻の人。小柄な老人はハリーと同じように膝小僧が飛び出している——生まれてはじめて、ハリーは自分の家族を見ていた。

ポッター家の人々はハリーに笑いかけ、手を振った。ハリーは貪るようにみなを見つめ、両手をぴたりと鏡に押し当てた——まるで鏡の中に入り込み、みなに触れたいとでもいうように——。ハリーの胸に、喜びと深い悲しみが入り交じった強い痛みが走った。

どのくらいそこにいたのか、自分でもわからなかった。鏡の中の姿はいつまでも消えず、ハリーは何度も何度ものぞき込んだ。遠くのほうから物音が聞こえ、ハリーはふと我に返った。いつまでもここにはいられない。なんとかベッドにもどらないと。ハリーは鏡の中の母親から思いきって目を離し、「またくるからね」とつぶやいた。そして急いで部屋を出た。

「起こしてくれればよかったのに」

翌朝ロンが不機嫌そうに言った。

「今晩、一緒にくればいいよ。僕、また行くから。君に鏡を見せたいんだ」

「君のママとパパに会いたいよ」ロンは意気込んだ。

「僕は君の家族に会いたい。ウィーズリー家の人たちに会いたいよ。ほかの兄さんとか、みんなに会わせてくれるよね」

「いつだって会えるよ。今度の夏休みに家にくればいい。もしかしたら、その鏡は亡くなった人だけを見せるのかもしれないな。しかし、フラメルを見つけられなかったのは残念だったなぁ。ベーコンかなにか食べたら。なにも食べてないじゃないか。どうしたの？」

ハリーは食べたくなかった。両親に会えた。今晩もまた会える。ハリーはフラメルのことなど、ほとんど忘れてしまっていた。そんなことはもう、どうでもいいような気がした。三頭犬がなにを守っていようが、関係ない。スネイプがそれを盗んだところで、それがどうしたと言うのだ。

「大丈夫かい？　なんか様子がおかしいよ」ロンが言った。

あの鏡の部屋が二度と見つからないのではと、ハリーはそれが一番気がかりだった。ロンと二人でマントを着たので、昨夜より歩みが遅くなった。図書室からの道筋をもう一度たどりなおして、二人は一時間近く暗い通路をさまよった。

「凍えちゃうよ。もうあきらめて帰ろうよ」とロンが言った。

「いやだ！　どっかこのあたりなんだから」ハリーは突っぱねた。

背の高い魔女のゴーストがするすると反対方向に行くのとすれちがったほかは、だれも見かけなかった。冷えて足の感覚がなくなったと、ロンがブツブツ言いはじめたちょうどそのとき、ハリーはあの鎧を見つけた。

「ここだ……ここだった……そう」

二人はドアを開けた。ハリーはマントをかなぐり捨てて鏡に向かって走った。

みながそこにいた。父さんと母さんがハリーを見てにっこり笑っていた。

「ねっ？」とハリーがささやいた。

「なにも見えないよ」

「ほら！　みんなを見てよ……たくさんいるよ」

「僕、君しか見えないよ」

「ちゃんと見てごらんよ。さぁ、僕のところに立ってみて」

ハリーが脇にどいてロンが鏡の正面に立つと、ハリーには家族の姿が見えなくなって、かわりにペーズリー模様のパジャマを着たロンが映っていた。

今度はロンのほうが、鏡に映った自分の姿を夢中でのぞき込んでいた。

「僕を見て！」ロンが言った。

「家族みんなが君を囲んでいるのが見えるかい？」

「ううん……僕一人だ……でも僕じゃないみたい……もっと年上に見える……僕、首席だ！」

「なんだって？」

「僕……ビルがつけていたようなバッジをつけてる……そして最優秀寮杯とクィディッチ優勝カップを持っている……僕、クィディッチのキャプテンもやってるんだ」

ロンは惚れぼれするような自分の姿からようやく目を離し、興奮した様子でハリーを見た。

「この鏡は未来を見せてくれるのかなぁ？」

「そんなはずはないよ。僕の家族はみんな死んじゃったんだから……もう一度僕に見せて……」

「君は昨日ひとり占めで見たじゃないか。もう少し僕に見させてよ」

「君はクィディッチの優勝カップを持ってるだけじゃないか。なにがおもしろいんだよ。僕は両親に会いたいんだ」

「押すなよ……」

突然、廊下で音がして、二人は〝討論〟をやめた。どれほど大声で話していたかに気がつかなかったのだ。

「はやく！」

ロンがマントを二人にかぶせたとたん、ミセス・ノリスの蛍（ほたる）のように光る目がドアの向こうから現れた。ロンとハリーは息をひそめて立っていた。二人とも同じことを考えていた。

――このマント、猫にも効くのだろうか？　何年も経ったような気がした。やがて、ミセス・ノリスはくるりと向きを変えて立ち去った。

「まだ安心はできない――フィルチのところに行ったかもしれない。僕たちの声が聞こえたにちがいないよ。さぁ」

ロンはハリーを部屋から引っ張り出した。

次の朝、雪はまだ解けていなかった。

「ハリー、チェスしないか？」とロンが誘った。

「しない」

「下におりて、ハグリッドのところに行かないか？」

「ううん……君が行けば……」

「ハリー、あの鏡のことを考えてるんだろう。今夜は行かないほうがいいよ」

「どうして？」

「わかんないけど、なんだかあの鏡、悪い予感がするんだ。それに、君はずいぶん危機一髪の目にあったじゃないか。フィルチもスネイプもミセス・ノリスも、うろうろしているよ。連中に君が見えないからって安心はできないよ。君にぶつかったらどうなる？　もし君がなにかひっくり返したら？」

「ハーマイオニーみたいなこと言うね」

「本当に心配しているんだよ。ハリー、行っちゃだめだよ」

だがハリーは鏡の前に立つことしか考えていなかった。ロンがなんと言おうと、止めることはできない。


三日目の夜は昨夜より早く道がわかった。あまりに速く歩いたので、自分でも用心が足りないと思うほどの音を立てていた。だが幸いなことに、だれとも出会わなかった。

父さんと母さんはちゃんとそこにいて、ハリーにほほえみかけ、おじいさんの一人は、うれしそうにうなずいていた。ハリーは鏡の前に座り込んだ。なにがあろうと、一晩中家族とそこにいたい。だれも、なにものも止められやしない。

ただし……

「ハリー、またきたのかい？」

体中がヒヤーッと氷になったかと、ハリーは思った。振り返ると壁際の机に、だれあろう、アルバス・ダンブルドアが腰掛けていた。鏡のそばに行きたい一心で、ダンブルドアの前を気づかずに通り過ぎてしまったにちがいない。

「ぼ、僕、気がつきませんでした」

「透明になると、不思議にずいぶん近眼になるんじゃのう」とダンブルドアが言った。

先生がほほえんでいるのを見てハリーはほっとした。ダンブルドアは机から降りてハリーと一緒に床に座った。

「きみだけじゃない。何百人もきみと同じように、『みぞの鏡』の虜になった」

「先生、僕、そういう名の鏡だとは知りませんでした」

「この鏡がなにをしてくれるのかには、もう気がついたじゃろう」

「鏡は……僕の家族を見せてくれました……」

「そして君の友達のロンには、首席になった姿じゃったのう」

「どうしてそれを……」

「わしはマントがなくても透明になれるのでな」

ダンブルドアは穏やかに言った。

「それで、この『みぞの鏡』はわしたちになにを見せてくれると思うかね？」

ハリーは首を横に振った。

「じゃあヒントをあげるとしよう。この世で一番幸せな人には、この鏡は普通の鏡になる。その人が鏡を見ると、そのまんまの姿が映るのじゃ。これでなにかわかったかね」

ハリーは考えてからゆっくりと答えた。

「なにか欲しいものを見せてくれる……なんでも自分の欲しいものを……」

「当たりでもあるし、はずれでもある」

ダンブルドアが静かに言った。

「鏡が見せてくれるのは、心の一番奥底にある一番強い『のぞみ』じゃ。それ以上でもそれ以下でもない。君は家族を知らないから、家族に囲まれた自分を見る。ロナルド・ウィーズリーはいつも兄弟の陰でかすんでいると考えているから、兄弟のだれよりもすばらしい自分が一人で堂々と立っているのが見える。しかしこの鏡は、知識や真実を示してくれるものではない。鏡が映すものが現実のものか、果たして可能なものなのかさえ判断できず、みな鏡の前でへとへとになったり、鏡に映る姿に魅入られてしまったり、神経を病んだりしたのじゃよ。

ハリー、この鏡は明日よそへ移す。もうこの鏡を探してはいけないよ。たとえふたたびこの鏡に出会うことがあっても、もう大丈夫じゃろう。夢にふけったり、生きることを忘れてしまうのはよくない。それをよく覚えておきなさい。さぁて、そのすばらしいマントを着て、ベッドにもどってはいかがかな」

ハリーは立ち上がった。

「あの……ダンブルドア先生、質問してもよろしいですか？」

「いいとも。いまのもすでに質問だったしのう」

ダンブルドアはほほえんだ。

「でも、もうひとつだけ質問を許そう」

「先生ならこの鏡でなにが見えるんですか」

「わしかね？　厚手のウールの靴下を一足、手に持っておるのが見える」

ハリーは思わず目を瞬(しばた)いた。

「靴下はいくつあってもいいものじゃ。なのに今年のクリスマスにも靴下は一足ももらえなかった。わしにプレゼントしてくれる人は、本ばかり贈りたがるんじゃ」

ダンブルドアは本当のことを言わなかったのかもしれない、ハリーがそう思ったのはベッドに入ってからだった。でも……ハリーは枕の上にいたスキャバーズを払いのけながら考えた――きっとあれはちょっと無遠慮な質問だったんだ……。

第13章　ニコラス・フラメル

「みぞの鏡」を二度と探さないようにというダンブルドアの説得により、透明マントは、クリスマス休暇が終わるまでハリーのトランクの底に仕舞い込まれることとなった。ハリーは鏡の中に見たものを忘れようと試みたが、そう簡単にはいかなかった。毎晩、悪夢にうなされた。高笑いが響いたあと、両親が緑色の閃光(せんこう)とともに消え去る夢を何度も繰り返し見た。

ハリーがロンに夢のことを話すと、ロンが言った。

「ほら、ダンブルドアの言うとおりだよ。鏡を見て気が変になる人がいるって」

新学期の始まる前日にハーマイオニーが帰ってきた。ロンとはちがい、ハーマイオニーの気持ちは複雑だった。一方では、ハリーが三晩も続けてベッドを抜け出し、学校中をうろうろしたと聞いて驚きあきれたが(もしフィルチに捕まっていたら!)、その一方で、どうせそういうことなら、せめてニコラス・フラメルについてハリーがなにか見つければよかったのに、とくやしがった。

図書室ではフラメルは見つからないとほとんどあきらめかけていた三人だが、ハリーには絶対どこかでその名前を見たという確信があった。新学期が始まるとふたたび十分間の休み時間の中で必死に本を漁った。ハリーは、クィディッチの練習も始まったせいで、二人より時間が取れなかった。

ウッドのしごきは前よりも厳しくなった。雪が雨に変わり、果てしなく降り続いてもウッドの意気込みは湿りつくことがなかった。ウッドはほとんどいってるぜ、と双子のウィーズリーは文句を言ったが、ハリーはウッドの味方だった。次の試合でハッフルパフに勝てば、七年ぶりに寮対抗杯をスリザリンから取りもどせるのだ。しかし、勝ちたいという気持ちはもちろん強いが、練習で疲れたあとにはあまり悪夢を見なくなるという事実も、ウッドのしごきを支持する大きな理由だった。

ひときわ激しい雨でびしょびしょになり、泥まみれになって練習に取り組んでいる最中、ウッドが悪い知らせを漏らした。双子のウィーズリーが互いに急降下爆撃をしかけ、箒から落ちるふりをするのでウッドはカンカンに腹を立ててさけんだ。

「ふざけるのはやめろ！　そんなことをすると、こんどの試合には負けるぞ。次の試合の審判はスネイプだ。隙あらばグリフィンドールから減点しようと狙ってくるぞ」

とたんにジョージ・ウィーズリーは本当に箒(ほうき)から落ちてしまった。

「スネイプが審判だって？」

ジョージは口いっぱいの泥を吐きちらしながら泡を食って聞いた。

「スネイプがクィディッチの審判をやったことあるか？　おれたちがスリザリンに勝つかもしれないとなったら、きっとフェアでなくなるぜ」

チーム全員がジョージのそばに着地して文句を言いはじめた。

「僕のせいじゃない。僕たちは、つけ込む口実を与えないよう、絶対にフェアプレイをしなければ」

それはそうだとハリーは思った。しかしハリーには、クィディッチの試合中スネイプがそばにいると困る理由がもう一つあった……。

練習のあと、選手たちはいつもどおりしがない話に花を咲かせていたが、ハリーはまっすぐグリフィンドールの談話室にもどった。ロンとハーマイオニーはチェスの対戦中だった。ハーマイオニーが負けるのはチェスだけだったが、負けるのは彼女にとってとてもいいことだとハリーもロンも思っていた。

「いまは話しかけないで」

ロンは、ハリーがそばに座るなりそう言った。

「集中しなくちゃ……なんかあったのか？　なんて顔してるんだい」

ハリーはほかの人に聞かれないように小声で、スネイプが突然クィディッチの審判をやりたいと言い出したという不吉なニュースを伝えた。ハーマイオニーとロンはすぐに反応した。

「試合に出ちゃだめよ」

「病気だって言えよ」

「足を折ったことにすれば」

「いっそ本当に足を折ってしまえ」

「できないよ。シーカーの補欠はいないんだ。僕が出ないとグリフィンドールはプレイできなくなってしまう」

そのとき、ネビルが談話室に倒れ込んできた。どうやって肖像画の穴を這い登れたやら、両足がぴっちりくっついたままで、「足縛りの呪い」をかけられたとすぐにわかる。グリフィンドール塔までずっとウサギ跳びできたにちがいない。

みんな笑い転げたが、ハーマイオニーだけはすぐ立ち上がって呪いを解く呪文を唱えた。

両足がパッと離れ、ネビルは震えながら立ち上がった。

「どうしたの？」

ネビルをハリーとロンのそばに座らせながら、ハーマイオニーがたずねた。

「マルフォイが……」

ネビルは震え声で答えた。

「図書室の外で出会ったんだけど。だれかに呪文を試してみたかったって……」

「マクゴナガル先生のところに行きなさいよ！　マルフォイがやったって報告するのよ！」

ハーマイオニーがいきりたった。

ネビルは首を横に振った。

「これ以上面倒はいやだ」

「ネビル、マルフォイに立ち向かわなきゃだめだよ」

ロンが言った。

「あいつは平気でみんなをばかにしてる。だからといって屈服してやつをつけ上がらせていいってもんじゃない」

「僕は勇気がなくてグリフィンドールにふさわしくないってことは、言われなくてもわかってるよ。マルフォイがさっきそう言ったから」

ネビルが声を詰まらせた。

ハリーはポケットを探って蛙チョコレートを取り出した。クリスマスにハーマイオニーがくれたのが一つだけ残っていた。ハリーはいまにも泣き出しそうなネビルにそれを差し出した。

「マルフォイが十人束になってかかってきたって君には勝てないよ。組分け帽子に選ばれて君はグリフィンドールに入ったんじゃないのか？　マルフォイはどうだい？　腐れスリザリンに入れられたよ」

蛙チョコの包み紙を開けながら、ネビルはかすかにほほえんだ。

「ハリー、ありがとう……僕、もう寝るよ……カードあげる。集めてるんだろう？」

ネビルが行ってしまってから、ハリーは「有名魔法使いカード」を眺めた。

「またダンブルドアだ。僕がはじめて見たカード……」

ハリーは息を呑んだ。カードの裏を食い入るように見つめ、そしてロンとハーマイオニーの顔を見た。

「見つけたぞ！」

ハリーが強く、息だけで言い放った。

「フラメルを見つけた！　どっかで名前を見たことがあるって言ったよね。ホグワーツにくる汽車の中で見たんだ……聞いて……、ダンブルドア教授は『特に、一九四五年、闇の魔法使い、グリンデルバルドを破ったこと、ドラゴンの血液の十二種類の利用法の発見、パートナーであるニコラス・フラメルとの錬金術の共同研究などで有名』」

ハーマイオニーは跳び上がった。こんなに興奮したハーマイオニーを見るのは、三人の最初の宿題が採点されてもどってきたとき以来だ。

「ちょっと待ってて！」

ハーマイオニーは女子寮への階段を脱兎のごとく駆け上がっていった。何事だとロンとハリーが顔を見交わす間もなく、巨大な古い本を抱えてハーマイオニーが矢のようにもどってきた。

「この本で探してみようなんて考えつきもしなかったわ」

ハーマイオニーは興奮しながらささやいた。

「ちょっと軽い読書をしようと思って、ずいぶん前に図書室から借り出していたの」

「軽い？」とロンが口走った。

ハーマイオニーは、見つけるまで黙ってと言うなり、ブツブツひとり言を言いながらすごい勢いでページをめくりはじめた。

いよいよ探していたものを見つけた。

「これだわ！　これよ！」

「もうしゃべってもいいのかな？」

ロンが不機嫌な声を出した。

ハーマイオニーはおかまいなしにヒソヒソ声でドラマチックに読み上げた。「**ニコラス・フラメル**は、我々の知るかぎり、賢者の石の創造に成功した唯一の者！」

二人からはハーマイオニーが期待したような反応がなかった。

「なに、それ？」

ハリーとロンの反応がこれだ。

「まったく、もう。二人とも本を読まないの？　ほら、ここ……読んでみて」

ハーマイオニーが二人のほうに本を押して寄こした。二人は読みはじめた。

錬金術とは、『賢者の石』と言われる恐るべき力を持つ伝説の物質を創造することにかかわる古代の学問であった。この『賢者の石』は、いかなる金属をも黄金に変える力があり、また飲めば不老不死になる『命の水』の源でもある。

『賢者の石』については何世紀にもわたって多くの報告がなされてきたが、現存する唯一の石は著名な錬金術師であり、オペラ愛好家であるニコラス・フラメル氏が所有している。フラメル氏は昨年六六五歳の誕生日を迎え、デボン州でペレネレ夫人（六五八歳）と静かに暮らしている。

ハリーとロンが読み終わると、ハーマイオニーが言った。

「ねっ？　あの犬はフラメルの『賢者の石』を守っているにちがいないわ！　フラメルがダンブルドアに保管を頼んだのよ。だって二人は友達だし、フラメルはだれかが石を狙っているのを知っていたのね。だからグリンゴッツから石を移して欲しかったんだわ！」

「金を作る石、決して死なないようにする石！　スネイプが狙うのもむりないよ。だれだって欲しいもの」とハリーが言った。

「なるほど『魔法界における最近の進歩に関する研究』に載ってなかったわけだ。だって六六五歳じゃ、厳密には最近と言えないよな」とロンが続けた。

翌朝、「闇の魔術に対する防衛術」の授業で、狼人間に噛まれた傷のさまざまな処置法についてノートを取りながら、ハリーとロンは自分が「賢者の石」を持っていたらどうするかを話していた。ロンが自分のクィディッチ・チームを買うと言ったとたん、ハリーはスネイプと試合のことを思い出した。

「僕、試合に出るよ」

ハリーはロンとハーマイオニーに言った。

「出なかったら、スリザリンの連中はスネイプが怖くて僕が試合に出なかったと思うだろう。目にもの見せてやる……僕たちが勝って、連中の顔から笑いを拭い去ってやる」

「ピッチに落ちたあなたを、私たちが拭い去るはめにならなければね」

ハーマイオニーが冷静に言った。

二人に向かって強がりを言ったものの、試合が近づくにつれてハリーは不安になってきた。他の選手もあまり冷静ではいられなかった。七年近くスリザリンに取られっぱなしだった優勝を手にすることができたなら、どんなにすばらしいだろう。でも審判が公正でなかったら、それは可能なことなのだろうか。

思いすごしかもしれないが、ハリーはどこに行ってもスネイプに出くわすような気がした。ハリーがひとりぼっちになったのを機に捕まえようと、跡をつけているのではないかと思うことさえあった。魔法薬学の授業は毎週拷問にかけられているようだった。スネイプはハリーにとても辛くあたった。ハリーたちが「賢者の石」のことを知ったと気づいたのだろうか？　そんなはずはないと思いながらも、スネイプには人の心が読めるのではないかという恐ろしい思いに、ときどきハリーは囚われてしまうのだった。

次の日の昼過ぎ、ロンとハーマイオニーは更衣室の外で「幸運を祈る」とハリーを見送った。果たしてふたたび生きて会えるかどうかと、二人の考えていることがハリーにも伝わっていた。どうも意気が上がらない。ウッドの激励の言葉もほとんど耳に入らないまま、ハリーはクィディッチのユニフォームを着てニンバス２０００を手に取った。

ハリーと別れたあと、ロンとハーマイオニーはスタンドでネビルの隣に座った。ネビルはなぜ二人が深刻な顔をしているのか、クィディッチの試合を観戦するのになぜ杖を持ってきているのか、さっぱりわからなかった。ハリーに黙って、ロンとハーマイオニーは密かに「足縛り(あししば)の呪文(じゅもん)」を練習していた。マルフォイがネビルに術を使ったことからヒントを得て、もしスネイプがハリーを傷つけるような素振りをちらっとでも見せたらこの術をかけようと準備していたのだ。

「いいこと、忘れちゃだめよ。ロコモーター　モルティスよ」

ハーマイオニーが杖を袖(そで)の中に隠そうとしているロンにささやいた。

「わかってるったら。ガミガミ言うなよ」

ロンがぴしゃりと言った。

更衣室ではウッドがハリーをそばに呼んで話をしていた。

「ポッター、プレッシャーをかけるつもりはないが、この試合こそ、とにかく早くスニッチを捕まえて欲しいんだ。スネイプにハッフルパフを贔屓(ひいき)する余裕を与えずに試合を終わらせてくれ」

「学校中が観戦に出てきてるぜ」

フレッド・ウィーズリーがドアからのぞいて言った。

「こりゃ驚いた……ダンブルドアまで見にきてる」

ハリーは心臓が宙返りした。

「ダンブルドア？」

ハリーはドアに駆け寄って確かめた。フレッドの言うとおりだ。あの銀色のひげはまちがいようがない。

ハリーはホッとして笑い出しそうになった。助かった。ダンブルドアが見ている前では、スネイプがハリーを傷つけるなんてできっこない。

ピッチに選手たちが入場してきたとき、スネイプが腹を立てているように見えたのは、そのせいかもしれない。ロンもそれに気づいた。

「スネイプがあんなに意地悪な顔をしたの、見たことない」

ロンがハーマイオニーに話しかけた。

「さぁ、プレイ・ボールだ。あいたっ！」

だれかがロンの頭の後ろを小突いた。マルフォイだった。

「ああ、ごめん。ウィーズリー、気がつかなかったよ」

マルフォイはクラッブとゴイルに向かってニヤッと笑った。

「この試合、ポッターはどのくらい箒に乗っていられるかな？　だれか、賭けるかい？　ウィーズリー、どうだい？」

ロンは答えなかった。ジョージ・ウィーズリーがブラッジャーをスネイプに向かって打ったという理由で、スネイプがハッフルパフにペナルティー・シュートを与えたところだった。ハーマイオニーは膝の上で指を十字架の形に組んで祈りながら、目を凝らしてハリーを見つめ続けていた。ハリーはスニッチを探して鷹のようにぐるぐると上空を旋回していた。

「グリフィンドールの選手がどういうふうに選ばれたか知ってるかい？」

しばらくしてマルフォイが聞こえよがしに言った。ちょうどスネイプがなんの理由もなくハッフルパフにペナルティー・シュートを与えたところだった。

「気の毒な人が選ばれてるんだよ。ポッターは両親がいないし、ウィーズリー一家はお金がないし……ネビル・ロングボトム、君もチームに入るべきだね。脳みそがないから」

ネビルは顔を真っ赤にしながらも、座ったまま後ろを振り返ってマルフォイの顔を見つめた。そして――

「マルフォイ、ぼ、僕は、君が十人束になってもかなわないぐらい価値があるんだ」

つっかえながらもネビルは言い放った。

マルフォイもクラッブもゴイルも大笑いした。ロンは試合から目を離す余裕がなかったが、

「そうだ、ネビル、もっと言ってやれ」と口を出した。

「ロングボトム、もし脳みそが金でできてるなら、君はウィーズリーより貧乏だよ。つまり生半可(なまはんか)な貧乏じゃないってことだな」

ロンはハリーのことが心配で、神経が張りつめて切れる寸前だった。

「マルフォイ、これ以上一言でも言ってみろ。ただでは……」

「ロン！」

突然ハーマイオニーがさけんだ。

「ハリーが！」

「なに？　どこ？」

ハリーが突然ものすごい急降下を始めた。そのすばらしさに観衆は息を呑(の)み、大歓声を上げた。ハーマイオニーは立ち上がり、指を十字に組んだまま口に食わえていた。ハリーは弾丸のように一直線に地上に向かって突っ込んでいく。

「運がいいぞ。ウィーズリー、ポッターはきっと地面にお金が落ちているのを見つけたのにちがいない！」とマルフォイが言った。

ロンはついに切れた。マルフォイが気がついたときには、もうロンがマルフォイに馬乗りになり地面に組み伏せていた。ネビルは一瞬ひるんだが、観客席の椅子の背をまたいで助勢(じょせい)に加わった。

「行けっ！　ハリー」

ハーマイオニーが椅子の上に跳び上がり、声を張り上げた。ハリーがスネイプに向かって猛スピードで突進していく。ロンとマルフォイが椅子の下で転がり回っていることにも、ネビル、クラッブ、ゴイルが取っ組み合って拳の嵐の中から悲鳴が聞こえてくるのにも、ハーマイオニーはまるで気がつかなかった。

空中では、スネイプがふと箒の向きを変えたとたん、耳元を紅の閃光がかすめていった。ほんの数センチの間だった。次の瞬間、ハリーは急降下をやめ、意気揚揚と手を挙げた。その手にはスニッチがにぎられていた。

スタンドがドッと沸いた。新記録だ。こんなに早くスニッチを捕まえるなんて前代未聞だ。

「ロン！　ロン！　どこ行ったの？　試合終了よ！　ハリーが勝った！　私たちの勝ちよ！　グリフィンドールが首位に立ったわ！」

ハーマイオニーは狂喜して椅子の上で跳びはね、踊り、前列にいたパーバティ・パチルに抱きついた。

ハリーは、地上から三十センチのところで箒から飛び降りた。自分でも信じられなかった。やった！　試合終了だ。試合開始から五分も経っていなかった。グリフィンドールの選手が次々とピッチに降り立った。スネイプもハリーの近くに着地した。青白い顔をして唇をギュッと結んでいた。だれかがハリーの肩に手を置いた。見上げるとダンブルドアがほほえんでいた。

「よくやった」

ダンブルドアがハリーだけに聞こえるようにそっと言った。

「きみがあの鏡のことをくよくよ考えず、一所懸命やってきたのはえらい……すばらしい……」

スネイプが苦々しげに地面に唾を吐いた。

しばらくして、ハリーはニンバス2000を箒置き場にもどすため、一人で更衣室を出た。こんなに幸せな気分になったことはなかった。本当に誇りにできることをやり遂げた――名前だけが有名だなんてもうだれも言わないだろう。夕方の空気がこんなに甘く感じられたことはなかった。湿った芝生の上を歩いていると、この一時間の出来事がよみがえってくる。幸せでぼうっとなった時間だった。グリフィンドールの寮生が駆け寄ってきてハリーを肩車し、ロンとハーマイオニーが遠くのほうでピョンピョン跳びはねているのが見えた。ロンはひどい鼻血を流しながら歓声を上げている。

箒置き場にやってきたハリーは、木の扉に寄りかかってホグワーツを見上げた。窓という窓が夕日に照らされて赤くキラキラ輝いている。グリフィンドールが首位に立った。僕、やったんだ。スネイプに目にもの見せてやった……。

スネイプと言えば……。

城の正面の階段を、フードをかぶった人物が急ぎ足で下りてきた。明らかに人目を避けている。禁じられた森に足早に歩いていく。試合の勝利熱があっという間に吹き飛んでしまった。あの足を引きずるような歩き方がだれなのか、ハリーには即座にわかった。スネイプだ。ほかの人たちが夕食をとっているときにこっそり森に行くとは——いったい何事だろう？

ハリーはまたニンバス2000に跳び乗り、飛び上がった。城の上までそっと滑空すると、スネイプが森の中に駆け込んでいくのが見えた。ハリーは跡をつけた。

木が深々と繁り、ハリーはスネイプを見失った。円を描きながらだんだん高度を下げ、木の梢に触れるほどの高さまで下りてくると、だれかの話し声が聞こえた。声のするほうにスィーッと移動し、ひときわ高いブナの木に音を立てずに降りた。

箒をしっかりにぎりしめ、音を立てないように枝を登り、ハリーは葉っぱの陰から下をのぞき込んだ。

木の下の薄暗い平地にスネイプがいた。一人ではなかった。クィレルもいた。どんな顔をしているかはよく見えなかったが、クィレルはいつもよりひどくおどおどしている。ハリーは耳をそばだてた。

「……な、なんで……よりによって、こ、こんな場所で……セブルス、君にあ、会わなくちゃいけないんだ」

「このことは二人だけの問題にしようと思いましてね」

スネイプの声は氷のようだった。

「生徒諸君に『賢者の石』のことが知られてはまずいのでね」

ハリーは身を乗り出した。クィレルがなにかもごもご言っている。スネイプがそれをさえぎった。

「あのハグリッドの野獣をどう出し抜くか、もうわかったのかね」

「で、でもセブルス……私は……」

「クィレル、我輩を敵に回したくなかったら」

スネイプはぐいと一歩前に出た。

「ど、どういうことなのか、私には……」

「我輩がなにを言いたいか、よくわかってるはずだ」

ふくろうが大きな声でホーッと鳴いたので、ハリーは木から落ちそうになった。やっとバランスを取り、スネイプの次の言葉を聞き取った。

「……あなたの怪しげなまやかしについて聞かせていただきましょうか」

「で、でも私は、な、なにも……」

「いいでしょう」

スネイプがさえぎった。

「それでは、近々、またお話をすることになりますな。もう一度よく考えて、どちらに忠誠を尽くすのか、決めておいていただきましょう」

スネイプはマントを頭からすっぽりかぶり、大股に立ち去った。すでに暗くなりかかっていたが、ハリーにはその場に石のように立ち尽くすクィレルの姿が見えた。


「ハリーったら、いったいどこにいたのよ？」

ハーマイオニーがかん高い声を出した。

「僕らが勝った！　君が勝った！　僕らの勝ちだ！」

ロンがハリーの背をポンポンたたきながら言った。

「それに、僕はマルフォイの目に青あざを作ってやったし、ネビルなんか、クラッブとゴイルにたった一人で立ち向かったんだぜ。まだ気を失ってるけど、大丈夫だってマダム・ポンフリーが言ってた……スリザリンに目にもの見せてやったぜ。みんな談話室で君を待ってるんだ。パーティをやってるんだよ。フレッドとジョージがケーキやらなにやら、キッチンから失敬してきたんだ」

「それどころじゃない」

ハリーが息もつかずに言った。

「どこか、だれもいない部屋を探そう。大変な話があるんだ……」

ハリーはピーブズがいないことを確かめてから部屋のドアをぴたりと閉めて、いま見てきたこと、聞いたことを二人に話した。

「やっぱり僕らは正しかった。『賢者の石』だったんだ。それを手に入れるのを手伝えって、スネイプがクィレルを脅していたんだ。スネイプはフラッフィーを出し抜く方法を知ってるかって聞いていた……それと、クィレルの『怪しげなまやかし』のこともなにか話してた……フラッフィー以外にもなにか別なものが石を守っているんだと思う。きっと、人を惑わすような魔法がいっぱいかけてあるんだよ。クィレルが闇の魔術に対抗する呪文をかけて、スネイプがそれを破らなくちゃならないのかもしれないよ……」

「そうすると『賢者の石』が安全なのは、クィレルがスネイプに抵抗している間だけということになるわ」

ハーマイオニーが警告した。

「それじゃ、三日と持たないな。石はすぐなくなっちまうよ」

ロンがあきらめ顔で言った。

第14章　ノルウェー・ドラゴンのノーバート

クィレルはハリーたちの予想を超えた粘りを見せた。スネイプに脅されている場面を目撃してから何週間かが過ぎ、顔はますます青白くますますやつれて見えたが、口を割った気配はなかった。

四階の廊下を通るたびに、ハリー、ロン、ハーマイオニーの三人は扉にぴったり耳をつけてフラッフィーのうなり声が聞こえるかどうかを確かめた。スネイプは相変わらず不機嫌にマントを翻して歩いていたが、それこそ石がまだ無事だという証拠でもある。

クィレルと出会うたびに、ハリーは励ますような笑顔を向けるようにし、ロンはクィレルの吃音（きつおん）をからかう連中をたしなめはじめた。

しかしハーマイオニーは、「賢者の石」だけが関心事だったわけではなかった。学習予定表を作り上げ、ノートにはマーカーで印をつけはじめた。彼女が勝手に自分だけでしているのならハリーもロンも気にしないですんだのだが、ハーマイオニーは自分と同じことをするよう二人にもしつこくすすめていた。

「ハーマイオニー、試験はまだずうっと先だよ」

「十週間先でしょ。ずうっとじゃないわ。ニコラス・フラメルの時間にしたらほんの一秒よ」

ハーマイオニーは厳しい。

「僕たち、六百歳じゃないんだぜ」

ロンは忘れちゃいませんか、なんのために勉強するんだよ。君はもう、全部知ってるじゃないか」

「それに、なんのためにですって？　気は確か？　二年生に進級するには試験をパスしなければならないのよ。大切な試験なのに、私としたことが……もう一月前から準備を始めるべきだったわ」

ありがたくないことに、先生たちもハーマイオニーと同意見のようだった。山のような宿題が出て、復活祭の休みはクリスマス休暇ほど楽しくはなかった。ハーマイオニーがすぐそばで、ドラゴンの血の十二種類の利用法を暗唱したり、杖の振り方を練習したりするので、二人はのんびりするどころではなかった。うめいたりあくびをしたりしながらも、ハリーとロンは自由時間のほとんどをハーマイオニーと一緒に図書室で過ごし、勉強に精を出した。

「こんなの、とっても覚えきれないよ」

とうとうロンは音を上げ、羽根ペンを投げ出すと図書室の窓から恨めしげに外を見た。ここ数か月ぶりのすばらしい天気だった。空は忘れな草色のブルーに澄み渡り、夏の近づく気配が感じられた。

「ハナハッカ」の項目を探して教科書の「薬草ときのこ千種」に目を落としていたハリーは、「ハグリッド！　図書室でなにしてるんだい？」というロンの声に思わず顔を上げた。

ハグリッドが、バツの悪そうにもじもじしながら現れた。背中になにか隠している。モールスキンのオーバーを着たハグリッドは、いかにも場ちがいだった。

「いや、ちぃっと見てるだけ」

ごまかし声が上ずって、たちまちみなの興味を引いた。

「おまえさんたちは、なにをしてるんだ？」

ハグリッドが突然疑わしげにたずねた。

「まさか、ニコラス・フラメルをまだ探しとるんじゃないだろうね」

「そんなの、もうとっくの昔にわかったさ」

ロンが意気揚々と答えた。

「それだけじゃない。あの犬がなにを守っているかも知ってるよ。『賢者のい――』」

「シーッ！」

ハグリッドは急いであたりを見回した。

「そのことは大声で言い触らしちゃいかん。おまえさんたち、まったくどうかしちまったんじゃないか」

「ちょうどよかった。ハグリッドに聞きたいことがあるんだけど。フラッフィー以外にあの石を守っているのはなんなの」ハリーが聞いた。

「シーッ！　いいか――あとで小屋にきてくれや。ただし、教えるなんて約束はできねえぞ。ここでそんなことをしゃべりまくられちゃ困る。生徒が知ってるはずはねえんだから。おれがしゃべったと思われるだろうが……」

「じゃ、あとで行くよ」とハリーが言った。

ハグリッドはもぞもぞと出ていった。

「ハグリッドったら、背中になにを隠してたのかしら？」

ハーマイオニーが考え込んだ。

「ひょっとすると石に関係がある、とは思わない？」

「僕、ハグリッドがどの書棚のところにいたか見てくる」

勉強にうんざりしていたロンが言った。ほどなくロンが本をどっさり抱えてもどってきて、テーブルの上にドサッと置いた。

「ドラゴンだよ！」

ロンが声を低めた。

「ハグリッドはドラゴンの本を探してたんだ。ほら、見てごらん。『イギリスとアイルランドのドラゴンの種類』に『ドラゴンの飼い方——卵から焦熱地獄まで』だってさ」

「はじめてハグリッドに会ったとき、ずっと前からドラゴンを飼いたいと思ってたって、そう言ってたよ」ハリーが言った。

「でも、僕たちの世界じゃ法律違反だよ。一七〇九年のワーロック法で、ドラゴンの飼育は違法になったんだ。みんな知ってる。もし家の裏庭でドラゴンを飼ってたら、どうしたってマグルが僕らのことに気づくだろ？——どっちみちドラゴンを手なずけるのはむりなんだ。狂暴だからね。チャーリーがルーマニアで野生のドラゴンにやられた火傷を見せてやりたいよ」

「だけどまさか、イギリスに野生のドラゴンなんていないんだろう？」とハリーが聞いた。

「いるともさ」ロンが答えた。

「ウェールズ・グリーン普通種とか、ヘブリディーズ諸島ブラック種とか。そいつらの存在の噂をもみ消すのに魔法省が苦労してるんだ。もしマグルがそいつらを見つけてしまったら、そのたびにこっちはそれを忘れさせる魔法をかけなくちゃいけないんだからね」

「じゃ、ハグリッドはいったいなにを考えてるのかしら？」

ハーマイオニーが言った。

一時間後、ハグリッドを訪ねると、驚いたことに小屋の窓にかかるカーテンが全部閉められていた。ハグリッドは「だれだ？」と確かめたあとにドアを開け、三人を中に入れるとすぐまたドアを閉めた。

中は窒息しそうなほど暑かった。こんなに暑い日だというのに、暖炉には轟々と炎が上がっている。ハグリッドはお茶を入れ、イタチの肉をはさんだサンドイッチをすすめたが、三人は遠慮した。

「それで、おまえさん、なにか聞きたいって言ってたな？」

ハリーは単刀直入に聞くことにした。

「うん。フラッフィー以外に『賢者の石』を守っているのはなにか、ハグリッドに教えてもらえたらなと思って」

ハグリッドはしかめ面をした。

「もちろんそんなことはできん。まず第一、おれ自身が知らん。第二に、おまえさんたちはもう知りすぎておる。だからたとえおれが知ってたとしても言わん。石がここにあるのにはそれなりのわけがあるんだ。グリンゴッツから盗まれそうになってなぁ——もうすでにそれにも気づいておるだろうが。だいたいフラッフィーのことも、いったいどうしておまえさんたちに知られてしまったのか、わからんなぁ」

「ねえ、ハグリッド。私たちに言いたくないだけでしょう。でも、絶対知ってるのよね。だって、ここで起きてることであなたの知らないことなんかないんですもの」

ハーマイオニーはやさしい声でおだてた。

ハグリッドのひげがピクピク動き、ひげの中でにこりとしたのがわかった。ハーマイオニーは追い討ちをかけた。

「私たち、石が盗まれないように、だれが、どうやって守りを固めたのかなぁって考えてるだけなのよ。ダンブルドアが信頼して助けを借りるのはだれなのかしらね。ハグリッド以外に」

最後の言葉を聞くと、ハグリッドは胸をそらした。ハリーとロンは、よくやったとハーマイオニーに目配せした。

「まあ、それくらいなら言ってもかまわんじゃろう……さてと……おれからフラッフィーを借りて……何人かの先生が魔法の罠をかけて……スプラウト先生……フリットウィック先生……マクゴナガル先生……」

ハグリッドは指を折って名前を挙げはじめた。

「それからクィレル先生、もちろんダンブルドア先生もちょっと細工したし、待てよ、だれか忘れておるな。そうそう、スネイプ先生」

「スネイプだって？」

「ああ、そうだ。まだあのことにこだわっておるのか？　スネイプは石を守るほうの手助けをしたんだ。盗もうとするはずがなかろう」

ハリーは、ロンもハーマイオニーも自分と同じことを考えているな、と思った。もしスネイプが石を守る側にいたならば、他の先生がどんなやり方で守ろうとしたかも簡単にわかるはずだ。たぶん全部わかったんだ――クィレルの呪文とフラッフィーを出し抜く方法以外は――。

「ハグリッドだけがフラッフィーをおとなしくさせられるんだよね？　だれにも教えたりはしないよね？　たとえ先生にだって」

ハリーは心配そうに聞いた。

「おれとダンブルドア先生以外は、だれ一人として知らん」

ハグリッドは得意げに言った。

「そう、それならひと安心だ」

ハリーは横の二人に向かってそうつぶやいた。

「ハグリッド、窓を開けてもいい？　茹だっちゃうよ」

「悪いな。それはできん」

ハグリッドがちらりと暖炉を見たのに、ハリーは気づいた。

「ハグリッド――あれはなに？」

聞くまでもなくハリーにはわかっていた。炎の真ん中、やかんの下に大きな黒い卵があった。

「えーと、あれは……その……」

ハグリッドは落ち着かない様子でひげをいじっていた。

「ハグリッド、どこで手に入れたの？　すごく高かったろう」

ロンはそう言いながら、火のそばにかがみ込んで卵をよく見ようとした。

「賭けに勝ったんだ。昨日の晩、村まで行って、ちょっと酒を飲んで、知らないやつとトランプをしてな。はっきり言えば、そいつはやっかいばらいできたと喜んどったな」

「だけど、もし卵が孵ったらどうするつもりなの？」

ハーマイオニーがたずねた。

「それで、ちいと読んどるんだがな」

ハグリッドは枕の下から大きな本を取り出した。

「図書室で借りたんだ――『趣味と実益を兼ねたドラゴンの育て方』――もちろんちいと古いが、なんでも書いてある。母龍が息を吹きかけるように卵は火の中に置け。なぁ？　それから、っと……孵ったときにはブランデーと鶏の血を混ぜて三十分ごとにバケツ一杯飲ませろとか。それとここを見てみろや――卵の見分け方――おれのはノルウェー・リッジバックという種類らしい。こいつがめずらしいやつでな」

ハグリッドのほうは大満足そうだったが、ハーマイオニーはちがった。

「ハグリッド、この家は木の家なのよ」

ハグリッドはどこ吹く風、ルンルン鼻歌まじりで火をくべていた。

結局、もう一つ心配を抱えることになってしまった。ハグリッドが法を犯して小屋にドラゴンを隠している。そのことがみなに知れたらどうなるのだろう。

「あーあ、平穏な生活って、どんなものかなぁ」

次々に出される宿題とくる日もくる日も格闘しながら、ロンがため息をついた。ハーマイオニーがハリーとロンの分も学習予定表を作りはじめたので、二人とも気が変になりそうだった。

ある朝、ヘドウィグがハリーにハグリッドからの手紙を届けた。たった一行の手紙だ。

「いよいよ孵(かえ)るぞ」

ロンは薬草学の授業をさぼってすぐ小屋に向かおうとしたが、ハーマイオニーががんとして受けつけない。

「だって、ハーマイオニー、ドラゴンの卵が孵るところなんて、一生に何度も見られないじゃないか」

「授業があるでしょ。さぼったらまた面倒なことになるわよ。それに、ハグリッドがしていることが明るみに出たら、私たちの面倒とは比べものにならないほどあの人ひどく困ることになるわ……」

「黙って！」ハリーが小声で言った。

マルフォイがほんの数メートル先にいて、立ち止まってじっと聞き耳を立てていた。どこまで聞かれてしまっただろうか？　ハリーはマルフォイの表情がとても気にかかった。

ロンとハーマイオニーは薬草学の教室に行く間もずっと言い争っていた。とうとうハーマイオニーも折れて、午前中の休憩時間に三人で急いで小屋に行ってみようということになった。授業の終わりを告げるベルが塔から聞こえてくるやいなや、三人は移植ごてを放り投げ、校庭を横切って森のはずれへと急いだ。

ハグリッドは興奮で頰を紅潮させていた。

「もうすぐ出てくるぞ」と三人を招き入れた。

卵はテーブルの上に置かれ、深い亀裂が入っていた。中でなにかが動いている。コツン、コツンという音が聞こえる。

椅子をテーブルのそばに引き寄せ、四人とも息をひそめて見守った。

突然キーッと引っかくような音がして卵がパックリ割れ、赤ちゃんドラゴンがテーブルにポイと出てきた。かわいいとはとても言えない。シワくちゃの黒いこうもり傘のようだ。やせっぽちの真っ黒な胴体に不似合いな巨大な骨っぽい翼、長い鼻に大きな鼻の穴、こぶのような角、オレンジ色の飛び出た目。

赤ん坊ドラゴンがくしゃみをすると、鼻から火花が散った。

「すばらしく美しいだろう？」

ハグリッドがそうつぶやきながら手を差し出してドラゴンの頭をなでようとした。するとドラゴンは、尖った牙を見せてハグリッドの指に噛みついた。

「こりゃすごい、ちゃんとママちゃんがわかるんじゃ！」

「ハグリッド。ノルウェー・リッジバック種って、どれくらいの早さで大きくなるの？」

ハーマイオニーが聞いた。

答えようとしたとたん、ハグリッドの顔から血の気が引いた――はじかれたように立ち上がり、窓際に駆け寄った。

「どうしたの？」

「カーテンの隙間からだれかが見ておった……子供だ……学校のほうへ駆けていく」

ハリーは急いでドアに駆け寄り外を見た。遠目にだってあの姿はまぎれもない。マルフォイにドラゴンを見られてしまった。

次の週、マルフォイが薄笑いを浮かべているのが、三人は気になってしかたがなかった。暇さえあれば三人でハグリッドを訪れ、暗くした小屋の中でなんとかハグリッドを説得しようと試みた。

「外に放せば？　自由にしてあげれば？」とハリーが促した。

「そんなことはできん。こんなにちっちゃいんだ。死んじまう」

ドラゴンはたった一週間で三倍に成長していた。鼻の穴からは始終煙が噴き出ている。ハグリッドはドラゴンの面倒をみるのに忙しく、家畜の世話の仕事もろくにしていなかった。ブランデーの空き瓶や鶏の羽が床のそこいら中に散らかっていた。

「この子をノーバートと呼ぶことにしたんだ」

ドラゴンを見るハグリッドの目は潤んでいる。

「もうおれがはっきりわかるらしいよ。見ててごらん。ノーバートや、ノーバート！　ママちゃんはどこ？」

「おかしくなってるぜ」ロンがハリーにささやいた。

「ハグリッド、二週間もしたら、ノーバートはこの家ぐらいに大きくなるんだよ。それに、マルフォイがいつダンブルドアに言いつけるかわからないよ」

ハリーがハグリッドに聞こえるように大声で言った。

「そ、そりゃ……おれもずっと飼っておけんくらいのことはわかっとる。だけんどほっぽり出すなんてことはできん。どうしてもできん」ハグリッドは唇を噛んだ。

ハリーが突然ロンに呼びかけた。

「チャーリー！」

「君も、おかしくなっちゃったのかい。僕はロンだよ。わかるかい？」

「ちがうよ――チャーリーだ、君の兄さんのチャーリー。ルーマニアでドラゴンの研究をしている――チャーリーにノーバートを預ければいい。面倒をみて、自然に帰してくれるよ」

「名案！　ハグリッド、どうだい？」

ロンも賛成だ。

ハグリッドはとうとう、チャーリーに頼みたい、というふくろう便を送ることに同意した。

その次の週はのろのろと過ぎた。水曜日の夜、みながとっくに寝静まったあと、ハリーとハーマイオニーの二人だけが談話室に残っていた。壁の掛時計が午前零時を告げたとき、肖像画の扉が突然開き、ロンがどこからともなく現れた。ハリーの透明マントを脱いだのだ。ロンはハグリッドの小屋でノーバートへの餌やりを手伝っていた。ノーバートは、死んだねずみを木箱に何杯も食べるほどに成長していた。

「噛まれちゃったよ」

ロンは血だらけのハンカチにくるんだ手を差し出して見せた。

「一週間は羽根ペンを持しないぜ。まったく、あんな恐ろしい生き物はいままで見たことないよ。なのにハグリッドの言うことを聞いていたら、ふわふわしたちっちゃな子ウサギかと思っちゃうよ。やつが僕の手を噛んだというのに、僕がやつを怖がらせたからだって叱るんだ。僕が帰るときには、子守唄を歌ってやってたよ」

暗闇の中で窓をたたく音がした。

「ヘドウィグだ！」

ハリーは急いでふくろうを中に入れた。

「チャーリーの返事を持ってきたんだ！」

三つの頭が手紙をのぞき込んだ。

ロン、元気かい？

手紙をありがとう。喜んでノルウェー・リッジバックを引き受けるよ。だけどここに連れてくるのはそう簡単ではない。来週、僕の友達が訪ねてくることになっているから、彼らに頼んでこっちに連れてきてもらうのが一番いいと思う。問題は、彼らが法律違反のドラゴンを運んでいるところを見られてはいけないということだ。

土曜日の真夜中、一番高い塔にリッジバックを連れてこられるかい？　そうしたら、彼らがそこで君たちと会って、暗いうちにドラゴンを運び出せる。

できるだけ早く返事をくれ。

がんばれよ……

チャーリーより

三人は互いに顔を見合わせた。

「透明マントがある」

ハリーが言った。

「できなくはないよ……僕ともう一人とノーバートくらいなら隠せるんじゃないかな？」

ハリーの提案に、二人もすぐ同意した。ノーバートを――それにマルフォイを――追いはらうためならなんでもするという気になるぐらい、この一週間は大変だったのだ。

障害が起こった。翌朝、ロンの手は通常の二倍ほどに腫（は）れ上がっていた。ドラゴンに噛（か）まれたことがバレるのを恐れて、ロンはマダム・ポンフリーのところへ行くのをためらっていた。だが、昼過ぎにはそんなことを言っていられない状態になった。傷口が気持ちの悪い緑色になっている。どうやらノーバートの牙（きば）には毒があったようだ。

その日の授業が終わるとすぐに、ハリーとハーマイオニーは医務室に飛んでいった。ロンはひどい状態でベッドに横になっていた。

「手だけじゃないんだ」

ロンが声をひそめた。

「もちろん手のほうもちぎれるように痛いけど。マルフォイがきたんだ。あいつ、僕の本を借りたいってマダム・ポンフリーに言って入ってきやがった。僕のことを笑いにきたんだよ。なんに噛まれたか本当のことをマダム・ポンフリーに言いつけるって僕を脅すんだ――僕は犬に噛まれたって言ったんだけど、たぶんマダム・ポンフリーは信じてないと思う――クィディッチの試合のとき、なぐったりしなけりゃよかった。だから仕返しに僕にこんな仕打ちをするんだ」

ハリーとハーマイオニーはロンをなだめようとした。

「土曜日の真夜中ですべて終わるわよ」

ハーマイオニーの慰めはロンを落ち着かせるどころか逆効果になった。ロンは突然ベッドに起き上がり、すごい汗をかきはじめた。

「土曜零時！」

ロンの声はかすれていた。

「あぁ、どうしよう……大変だ……いま、思い出した……チャーリーの手紙をあの本にはさんだままだ。僕たちがノーバートを処分しようとしてることが、マルフォイに知られてしまう」

ハリーとハーマイオニーが答える間はなかった。マダム・ポンフリーが入ってきて、「ロンは眠らないといけないから」と、二人を病室から追い出した。

「いまさら計画は変えられないよ」

ハリーはハーマイオニーにそう言った。

「チャーリーにまたふくろう便を送る暇はないし、ノーバートをなんとかする最後のチャンスなんだし。危険でもやってみなくちゃ。それにこっちには透明マントがあるってこと、マルフォイはまだ知らないし――」

ハグリッドのところに行くと、大型ボアハウンド犬のファングがしっぽに包帯を巻かれて小屋の外に座り込んでいた。ハグリッドは窓を開けて中から二人に話しかけた。

「中には入れてやれない」

ハグリッドはフウフウ言っている。

「ノーバートは難しい時期でな……いや、けっしておれの手に負えないほどではないけどな」

チャーリーの手紙の内容を話すと、ハグリッドは目に涙をいっぱい溜めた――ノーバートがちょうどそのときハグリッドの足に噛みついたせいかもしれないが――。

「ウワーッ！ いや、おれは大丈夫。ちょいとブーツを噛んだだけだ……ジャレてるんだ……だって、まだ赤ん坊だからな」

その〝赤ん坊〟がしっぽで壁をバーンとたたき、窓がガタガタ揺れた。ハリーとハーマイオニーは、一刻も早く土曜日がきて欲しいと、心から願いながら城へ帰っていった。

ハグリッドがノーバートに別れを告げるときがやってきた。ハリーたちは自分の心配で手いっぱいで、ハグリッドを気の毒に思う余裕などなかった。暗く曇った夜だった。ピーブズが入口のホールで壁打ちのテニスをしていたために、それが終わるまで出られず、ハグリッドの小屋に着いたのは予定より少し遅い時間となった。

ハグリッドはノーバートを大きな木箱に入れて準備をすませていた。

「長旅だから、ねずみをたくさん入れといたし、ブランデーも入れといたよ」

ハグリッドの声がくぐもっていた。

「さびしいといけないから、テディベアの縫いぐるみも入れてやった」

箱の中から、なにかを引き裂くような物音がした。ハリーには縫いぐるみのテディベアの頭が引きちぎられる音に聞こえた。

「ノーバート、バイバイだよ」

ハリーとハーマイオニーが透明マントを箱にかぶせ、自分たちもその下に隠れると、ハグリッドはしゃくり上げた。

「ママちゃんはけっしておまえを忘れないよ」

どうやって箱を城に持ち帰ったやら、二人は覚えていない。入口のホールから大理石の階段を上がり、暗い廊下を渡って息を切らしながら二人がノーバートを運ぶ間、刻一刻と零時が近づいていた。一つ階段を上がるとまた次の階段——ハリーの知っている近道を使っても、作業はあまり楽にはならなかった。

「もうすぐだ！」

一番高い塔の下の階段にたどり着き、ハリーはハアハア息をつきながら言った。

そのとき、目の前でなにかが突然動いた。二人は危うく箱を落としそうになった。自分たちの姿が見えなくなっていることも忘れて、二人は物陰に小さくなって隠れた。数メートル先に、二人の人間がもみ合っている姿がおぼろげに見える。ランプが一瞬燃え上がった。

タータンチェックのガウンを着て頭にヘアネットをかぶったマクゴナガル先生が、マルフォイの耳をつかんでいた。

「罰則です！」

先生が声を張り上げた。

「さらに、スリザリンから二〇点の減点！　こんな真夜中にうろつくなんて、なんてことです……」

「先生、誤解です。ハリー・ポッターがくるんです……ドラゴンを連れているんです！」

「なんというくだらないことを！　どうしてそんな嘘をつくんですか！　いらっしゃい……マルフォイ。あなたのことでスネイプ先生にお目にかからねば！」

それからあとは、塔のてっぺんにつながる急な螺旋階段さえ世界一楽な道のりに思えた。夜の冷たい外気の中に一歩踏み出し、二人はようやく透明マントを脱いだ。普通に息ができるのがうれしかった。ハーマイオニーは小躍りしてはしゃいだ。

「マルフォイが罰則を受けた！　歌でも歌いたい気分よ！」

「歌わないでね」

ハリーが忠告した。

二人はマルフォイのことでクスクス笑いながらそこで待った。ノーバートは箱の中でドタバタ暴れていた。十分も経ったと思うころ、四本の箒が闇の中から舞い降りてきた。

チャーリーの友人は陽気な人たちだった。四人でドラゴンを牽引できるよう工夫した道具を見せてくれた。六人がかりでノーバートをしっかりとつなぎ止め、ハリーとハーマイオニーは四人と握手し、礼を言った。

ついにノーバートは出発した……だんだん遠くなる……遠くなる……遠くなる……見えなくなってしまった。ノーバートが手を離れ、荷も軽く心も軽く、二人は螺旋階段を滑り降りた。ドラゴンはもういない――マルフォイは罰則を受ける――こんな幸せに水を差すものがあるだろうか？

その答えは階段の下で待っていた。廊下に足を踏み入れたとたん、フィルチの顔が暗闇からヌッと現れた。

「さて、さて、さて」

フィルチがささやくように言った。

「これは困ったことになりましたねぇ」

透明マントは塔のてっぺんに忘れてきてしまっていた。

第15章　禁じられた森

最悪の事態になった。

フィルチは二人を、二階のマクゴナガル先生の研究室へ連れていった。二人とも一言も発っせず、そこに座って先生を待った。ハーマイオニーは震えていた。ハリーの頭の中では、言い訳、アリバイ、とんでもないごまかしの作り話が、次から次へと浮かんでは消えた。考えれば考えるほど説得力がないように思えてくる。今度ばかりはどう切り抜けていいか、まったくわからなかった。絶体絶命だ。透明マントを忘れるとは、なんというドジなんだ。真夜中にベッドを抜け出してうろうろするなんて、ましてや授業以外では立ち入り禁止の一番高い天文台の塔に登るなんて、たとえどんな理由があってもマクゴナガル先生が許すわけがない。その上ノーバートと透明マントだ。もう荷物をまとめて帰る仕度をしたほうがよさそうだ。

最悪の事態なら、これ以上悪くはならないかと言うと、とんでもない。なんと、マクゴナガル先生はネビルを引き連れて現れたのだ。

「ハリー!」

ネビルは二人を見たとたん、はじかれたようにしゃべった。

「探してたんだよ。注意しろって教えてあげようと思って。マルフォイが君を捕まえるって言ってたんだ。あいつ言ってたんだ、君がドラゴ……」

ハリーは激しく頭を振ってネビルを黙らせたが、マクゴナガル先生に見られてしまった。三人を見下ろす先生の鼻から、ノーバートより激しく火が吹き出しそうだ。

「まさか、みなさんがこんなことをするとは、まったく信じられません。フィルチさんは、あなたたちが天文台の塔にいたと言っています。明け方の一時にですよ。どういうことなんですか?」

ハーマイオニーが先生の質問に答えられなかったのは、これがはじめてだ。まるで銅像のように身動きひとつせず、スリッパの爪先を見つめている。

「なにがあったか私(わたくし)にはよくわかっています」

マクゴナガル先生が言った。

「べつに天才でなくとも察しはつきます。ドラゴンなんて嘘っぱちでマルフォイに一杯食わせてベッドから誘き出し、問題を起こさせようとしたのでしょう。マルフォイはもう捕まえました。たぶんあなた方は、ここにいるネビル・ロングボトムが、こんな作り話を本気にしたのが滑稽だと思ってるのでしょう？」

ハリーはネビルの視線をとらえ、先生の言ってることとはちがうんだよと目で教えようとした。ネビルはショックを受けてしょげていた。かわいそうなネビル。ヘマばかりして……危険を知らせようとこの暗い中で二人を探したなんて、ネビルにしてみればどんなに大変なことだったか、ハリーにはわかっていた。

「呆れ果てたことです」

マクゴナガル先生が話し続けている。

「一晩に四人もベッドを抜け出すなんて！　前代未聞のことです！　ミス・グレンジャー、あなたはもう少し賢いと思っていました。ミスター・ポッター、グリフィンドールはあなたにとって、もっと価値のあるものではないのですか。三人とも処罰です……ええ、あなたもですよ、ミスター・ロングボトム。どんな事情があっても夜に学校を歩き回る権利はいっさいありません。特にこのごろ、危険なのですから……五〇点。グリフィンドールから減点です」

「五〇？」

ハリーは息を呑んだ――寮対抗のリードを失ってしまう。せっかくこの前のクィディッチでハリーが獲得したリードを――。

「一人五〇点です」マクゴナガル先生は尖った高い鼻から荒々しく息を吐いた。

「先生……、お願いですから……」

「そんな、ひどい……」

「ポッター、ひどいかひどくないかは私が決めることです。さあみなさん、ベッドにもどりなさい。グリフィンドールの寮生を、こんなに恥ずかしく思ったことはありません」

一気に一五〇点を失ってしまった。これでグリフィンドールは最下位に落ちた。たった一晩で、グリフィンドールが寮杯を奪取するチャンスをつぶしてしまった。鉛を飲み込んだような気分だった。いったいどうやったら挽回できるのだろうか？

ハリーは一晩中眠れなかった。ネビルが枕に顔を埋めて、長い間泣いているのが聞こえた。慰めの言葉もなかった。自分と同じように、ネビルも夜の明けるのが恐ろしいにちがいない。グリフィンドールのみなが僕たちのしたことを知ったらどうなるだろう？

翌日、寮の得点を記録している大きな砂時計のそばを通ったグリフィンドール寮生たちは、真っ先にこれは掲示のまちがいにちがいない、と思った。なんで急に昨日より一五〇点も減っているんだ？　そして噂が広がりはじめた。

――ハリー・ポッターが、あの有名なハリー・ポッターが、クィディッチの試合で二回も続けてヒーローになったハリーが、寮の点をこんなに減らしてしまったらしい。何人かのばかな一年生と一緒に。

学校で最も人気があり、称賛の的だったハリーは、一夜にして突然、一番の嫌われ者になっていた。レイブンクローやハッフルパフでさえ敵に回った。みなスリザリンから寮杯が奪われるのを楽しみにしていたからだ。どこへ行っても、だれもがハリーを指さし、声を低めることもせず、おおっぴらに悪口を言った。

一方スリザリン寮生は、ハリーが通るたびに拍手をし、口笛を吹き、「ポッター、ありがとうよ。借りができたぜ！」と囃したてた。

ロンだけが味方だった。

「何週間か経てば、みんな忘れるさ。フレッドやジョージなんか、ここに入寮してからずうっと点を引かれっぱなしなんだから。それでもみんなに好かれてるよ」

「だけど一回で一五〇点も引かれたりはしなかったろう？」ハリーは惨めだった。

「うん……それはそうだけど」ロンも認めざるをえない。

ダメージを挽回するにはもう遅すぎたが、もう二度と関係のないことに首を突っ込むのはやめようと、ハリーは心に誓った。こそこそ余計なことを嗅ぎ回るなんてもうたくさんだ。自分のいままでの行動に責任を感じ、ウッドにチームを辞めさせて欲しいと申し出た。

「辞める？」ウッドの雷が落ちた。「それがなんになる？　クィディッチで勝つ以外に、どうやって寮の点を取りもどせるって言うんだ？」

しかし、もうクィディッチでさえ楽しくはなかった。練習中、他の選手はハリーに話しかけようともしなかったし、どうしてもハリーと話をしなければならないときでも「シーカー」としか呼ばなかった。

ハーマイオニーとネビルも苦しんでいた。ただ、二人は有名ではなかった分だけ、ハリーほど辛い目にはあわなかった。それでも二人に話しかけようとする者は一人もいなかった。ハーマイオニーは教室でみんなの注目を引くのをやめ、うつむいたまま黙々と勉強していた。

ハリーには試験の日が近づいていることがかえってうれしかった。試験勉強に没頭することで、少しは惨めさを忘れることができた。ハリー、ロン、ハーマイオニーは三人とも、他の寮生と離れて夜遅くまで勉強した。複雑な薬の調合を覚えたり、妖精(ようせい)の魔法や呪いの魔法の呪文を暗記したり、魔法界の発見や小鬼の反乱の年号を覚えたり……自分でも信じられないほどに集中できた。

試験を一週間後に控えたある日、突然、関係のないことにはもう絶対首を突っ込まないというハリーの決心が試される事件が持ち上がった。その日の午後、図書室からの帰り道、教室からだれかのめそめそ声が聞こえてきた。近寄ってみるとクィレルの声だった。

「だめです……だめ……もうどうぞお許しを……」

だれかに脅されているようだった。ハリーはさらに近づいてみた。

「わかりました……わかりましたよ……」

クィレルのすすり泣くような声が聞こえる。

次の瞬間、クィレルが曲がったターバンをなおしながら、教室から急ぎ足で出てきた。蒼白(そうはく)な顔をして、いまにも泣き出しそうだ。足早に行ってしまったので、ハリーにはまるで気づかなかったようだ。クィレルの足音が聞こえなくなるのを待って、ハリーは教室をのぞいた。だれもいない。だが、反対側のドアが少し開いたままになっていた。かかわり合いにならないという決心を思い出したときには、もうハリーはその開いているドアに向かっていた。

――こうなったら乗りかかった船だ。たったいまこのドアから出ていったのはスネイプにちがいない。『賢者の石』を一ダース賭けたっていい。いま聞いたことを考えると、きっとスネイプはうきうきした足取りで歩いていることだろう……クィレルをついに降参させたのだから。

ハリーは図書室にもどった。ハーマイオニーがロンに天文学のテストをしていた。ハリーはいま見聞きした出来事を二人にすべて話した。

「それじゃ、スネイプはとうとうやったんだ！　クィレルが『闇の魔術に対する防衛術』を破る方法を教えたとすれば……」

「でもまだフラッフィーがいるわ」

「もしかしたら、スネイプはハグリッドに聞かなくてもフラッフィーを突破する方法を見つけたのかもしれないな」

まわりにある何千冊という本を見上げながら、ロンが言った。

「これだけの本がありゃ、どっかに三頭犬を突破する方法だって書いてあるよ。どうする？　ハリー」

ロンの目には冒険心がふたたび燃え上がっていた。しかし、ハリーよりもすばやくハーマイオニーが答えた。

「ダンブルドアのところへ行くのよ。ずっと前からそうしなくちゃいけなかったのよ、私たち。また自分たちだけでなんとかしようとしたら、今度こそ退学になるわよ」

「だけど、証拠はなんにもないんだ！」

ハリーが言った。

「クィレルは怖気(おじけ)づいて、僕たちを助けてはくれない。スネイプは、ハロウィーンのとき、トロールがどうやって入ってきたのか知らないって言い張るだろうし、あのとき四階になんて行かなかったって言われてしまえばそれでおしまいさ……みんなどっちの言うことを信じると思う？　僕たちがスネイプを嫌ってるってことはだれだって知っているし、ダンブルドアにしたって、僕たちがスネイプをクビにするために作り話をしてると思うだろうさ。フィルチはどんなことがあっても、僕たちを助けたりはしないよ。スネイプとべったりの仲だし、生徒が追い出されて少なくなればなるほどいいと思ってるんだもの。もう一つおまけに、僕たちは石のこともフラッフィーのことも知らないはずなんだ。これは説明しようがないだろう」

ハーマイオニーは納得した様子だったが、ロンは粘った。

「ちょっとだけ探りを入れてみたらどうかな……」

「だめだ。僕たち、もう十分に探りを入れすぎてる」

ハリーはきっぱりそう言い切ると、木星の星図を引き寄せ、木星の月の名前を覚えはじめた。

翌朝、朝食のテーブルに、ハリー、ハーマイオニー、ネビル宛の三通の手紙が届いた。全員に同じことが書いてあった。


処罰は今夜十一時に行います。

玄関ホールでミスター・フィルチが待っています。

マクゴナガル教授

減点のことで大騒ぎだったので、ほかにも処罰があることをハリーはすっかり忘れていた。ハーマイオニーが一晩分の勉強を損するとブツブツ言うのではないかと思ったが、彼女は文句ひとつ言わなかった。ハリーと同じように、ハーマイオニーも自分たちは処罰を受けて当然のことをしたと思っているのだった。

夜十一時、二人は談話室でロンに別れを告げ、ネビルと一緒に玄関ホールへ向かった。フィルチはもうきていた――そしてマルフォイも。マルフォイも処罰を受けることを、ハリーはすっかり忘れていた。

「ついてこい」

フィルチはランプを灯し、先に外に出た。

「規則を破る前に、よーく考えるようになったろうねぇ。どうかね？」

フィルチは意地の悪い目つきでみなを見た。

「ああ、そうだとも……私に言わせりゃ、しごいて、痛い目を見せるのが一番の薬だよ――昔のような体罰がなくなって、まったく残念だ……手首をくって天井から数日吊るしたもんだ。いまでも私の事務所に鎖は取ってあるがね……万一必要になったときに備えてピカピカに磨いてあるよ――よし、出かけるとするか。逃げようなんて考えるんじゃないぞ。そんなことしたらもっとひどい目にあうからな」

真っ暗な校庭を横切って一行は歩いた。ネビルはその間、ずっとめそめそしていた。罰っていったいなんだろう、とハリーは思いを巡らせた。きっと、ひどく恐ろしいものにちがいない。でなけりゃ、フィルチがあんなにうれしそうにしているはずがない。

月は晃々と明るかったが、時折さっと雲がかかり、あたりを闇にした。行く手に、ハグリッドの小屋の窓の明かりが見えた。遠くからハグリッドの大声が聞こえた。

「フィルチか？　急いでくれ。おれはもう出発したい」

ハリーの心は躍った。ハグリッドと一緒なら、そんなに悪くはないだろう。ホッとした気持ちが顔に出たにちがいない。フィルチがたちまちそれを読んだ。

「あの木偶の坊と一緒に楽しもうと思っているんだろうが、坊や、もう一度よく考えたほうがいいねぇ……おまえたちがこれから行くのは、森の中だ。もし全員無傷でもどってこれたら私の見込みちがいだがね」

とたんにネビルは低いうめき声を上げ、マルフォイもその場でぴたっと動かなくなった。

「森だって？　そんなところに夜行けないよ……それこそいろんなのがいるんだろう……狼男だとか、そう聞いてるけど」

マルフォイの声はいつもの冷静さを失っていた。

ネビルはハリーのローブの袖をしっかりとにぎり、ヒィーッと息を詰まらせた。

「そんなこと、いまさら言ってもしかたがないね」

フィルチの声がうれしさのあまり上ずっている。

「狼男のことは、問題を起こす前に考えとくべきだったな」

ハグリッドがファングをすぐ後ろに従えて、暗闇の中から大股で現れた。大きな石弓を持ち、肩に矢筒を背負っている。

「もう時間だ。おれはもう三十分くらいも待ったぞ。ハリー、ハーマイオニー、大丈夫か？」

「こいつらは罰を受けにきたんだから、あんまり仲良くするわけにはいきませんよねぇ、ハグリッド」フィルチが冷たく言った。

「それで遅くなったと、そう言うのか？」ハグリッドはフィルチを睨みつけた。「説教を垂れてたんだろう。え？　説教するのはおまえの役目じゃなかろうが。おまえの役目はもう終わりだ。ここからはおれが引き受ける」

「夜明けにもどってくるよ。こいつらの体の残ってる部分だけでも引き取りにくるさ」

フィルチはいやみたっぷりにそう言うと、城に帰っていった。ランプがゆらゆら揺れながら暗闇に消えていく。今度はマルフォイがハグリッドに向かって言った。

「僕は森には行かない」

声が恐怖におののいているのがわかるので、ハリーはいい気味だと思った。

「ホグワーツに残りたいなら行かねばならん」ハグリッドが厳しく言い返した。「悪いことをしたんだから、その償(つぐな)いはせにゃならん」

「でも、森に行くのは召使いのすることだよ。生徒にさせることじゃない。同じ文章を何百回も書き取りするとか、そういう罰だと思ってた。もし僕がこんなことをするってパパが知ったら、きっと……」

「きっと、これがホグワーツの流儀だってそう言いきかせるだろうよ」

ハグリッドがうなるように言った。

「書き取りだって？　へっ！　それがなんの役に立つ？　役に立つことをしろ、さもなきゃ退学しろ。おまえの父さんが、おまえが追い出されたほうがましだって言うんなら、さっさと城にもどって荷物をまとめろ！　さあ行け！」

マルフォイは動かなかった。ハグリッドを睨(にら)みつけていたが、やがて視線を落とした。

「よぉし、それじゃ、よぉく聞いてくれ。なんせ、おれたちが今夜やろうとしていることは危険なことだ。みんな、軽はずみなことはしちゃいかん。しばらくはおれについてきてくれ」

ハグリッドが先頭に立って、森のはずれまでやってきた。ランプを高く掲げ、ハグリッドは暗く生い茂った木々の奥へと消えていく細い曲がりくねった獣道を指さした。森の中をのぞき込むと一陣の風がみなの髪を逆立てた。

「あそこを見ろ。地面に光ったものが見えるか？　銀色のものが見えるか？　一角獣の血だ。何物かにひどく傷つけられたユニコーンがこの森の中にいる。今週になって二回目だ。水曜日に最初の死骸を見つけた。みんなでかわいそうなやつを見つけ出すんだ。助からないなら、苦しまないようにしてやらねばならん」

「ユニコーンを襲ったやつが、先に僕たちを見つけたらどうするんだい？」

マルフォイは恐怖を隠しきれない声で聞いた。

「おれやファングと一緒におれば、この森に棲むものはだれもおまえたちを傷つけはせん。道を外れるなよ。ようし、では二組に分かれて別々の道を行こう。そこら中血だらけだ。このユニコーンは、少なくとも昨日の夜からのたうち回っているんじゃろう」

「僕はファングと一緒がいい」ファングの長い牙を見て、マルフォイが急いで言った。

「よかろう。断っとくが、そいつは臆病だぞ。そんじゃ、ハリーとハーマイオニーはおれと一緒に行こう。ドラコとネビルはファングと一緒に別の道だ。もし一角獣(ユニコーン)を見つけたら緑の光を打ち上げるんだ、ええか？　杖(つえ)を出して練習しよう――それでよし――もし困ったことが起きたら、赤い光を打ち上げろ。みんなで助けにいく――じゃ、気をつけろよ――出発だ」

森は真っ暗でしんとしていた。少し歩くと道が二手(ふたて)に分かれていた。ハグリッドたちは左の道を、ファングの組は右の道を取った。

三人は無言で足元だけを見ながら歩いた。ときどき枝の隙間から漏れる月明かりが、落葉の上に点々と滴っているシルバーブルーの血痕を照らし出した。

ハリーはハグリッドの深刻な顔に気づいた。

「狼男がユニコーンを殺すなんてこと、ありうるの？」とハリーは聞いてみた。

「あいつらはそんなに速くない。ユニコーンを捕まえるのはたやすいことじゃないんだ。強い魔力を持った生き物だからな。ユニコーンがけがしたなんてこたぁ、おれはいままで聞いたことがないな」

苔(こけ)むした切株を通り過ぎるとき、ハリーは水の音を聞いた。どこか近くに川があるらしい。曲がりくねった小道にはまだあちこちにユニコーンの血が落ちていた。

「そっちは大丈夫か？　ハーマイオニー」ハグリッドがささやいた。

「心配するな。このひどいけがじゃそんなに遠くまでは行けないはずだ。もうすぐ……その木の陰に隠れろ！」

ハグリッドはハリーとハーマイオニーをひっつかみ、樫の巨木の裏に放り込んだ。矢を引き出して弓につがえ、いつでも矢を放てるように持ち上げて構えた。三人は耳を澄ました。なにかが、すぐそばの枯葉の上をスルスル滑っていく。マントが地面を引きずるような音だった。ハグリッドが目を細めて暗い道をじっと見ていたが、数秒の後に、音は次第に消えていった。

「思ったとおりだ」

ハグリッドがつぶやいた。

「ここにいるべきでない何物かだ」

「狼男？」

「いーや、狼男でもないしユニコーンでもない」

ハグリッドは険しい顔をした。

「よーし、おれについてこい。気をつけてな」

三人は前よりもさらにゆっくりと、どんな小さな音も聞き逃すまいと聞き耳を立てながら進んだ。突然、前方の開けた場所でたしかになにかが動いた。

「そこにいるのはだれだ？　姿を現せ……こっちには武器があるぞ！」

ハグリッドが声を張り上げた。開けた空間に現れたのは……人間、いや、それとも馬？　腰から上は赤い髪に赤いひげの人の姿。そして腰から下はつやつやとした栗毛に赤味がかった長い尾をつけた馬。ハリーとハーマイオニーは、口をポカンと開けたままだった。

「ああ、おまえか、ロナン」ハグリッドがほっとしたように言った。「元気かね？」

ハグリッドはケンタウルスに近づき握手をした。

「こんばんは、ハグリッド」

ロナンの声は深く、悲しげだった。

「私を撃とうとしたんですか？」

「ロナン、用心に越したことはない」

石弓を軽くたたきながらハグリッドが言った。

「なんか悪いもんがこの森をうろついているんでな。ところで、この二人はハリー・ポッターとハーマイオニー・グレンジャーだ。学校の生徒でな。お二人さん、こちらはロナンだよ。ケンタウルスだ」

「気がついていたわ」ハーマイオニーが消え入るような声で言った。

「こんばんは。生徒さんだね？　学校ではたくさん勉強してるかね？」

「えーと……」

「少しは」ハーマイオニーがおずおずと答えた。

「少し。そう。それはよかった」

ロナンはフウッとため息をつき、首をぶるるっと振って空を見上げた。

「今夜は火星がとても明るい」

「ああ」

ハグリッドもちらりと空を見上げた。

「なあ、ロナンよ。おまえさんに会えてよかった。ユニコーンが、しかもけがをしたやつがおるんだ……なんか見かけんかったか？」

ロナンはすぐには返事をしなかった。瞬きもせず空を見つめ、ロナンはふたたびため息をついた。

「いつでも罪もない者が真っ先に犠牲になる。大昔からずっとそうだった。そしていまもなお……」

「ああ。だがロナン、なにか見なかったか？　いつもとちがうなにかを？」

ハグリッドがもう一度聞いた。

「今夜は火星が明るい」

いらだつハグリッドを尻目に、ロナンは同じことを繰り返した。

「いつもとちがう明るさだ」

「ああ、だがおれが聞きたいのは火星より、もうちょいと自分に近いほうのことだが。そうか、おまえさんは奇妙なものはなにも気づかなかったんだな？」

またしてもロナンはしばらく答えなかったが、ついにこう言った。

「森は多くの秘密を覆い隠す」

ロナンの後ろの木立の中でなにかが動いた。ハグリッドはまた弓を構えた。だがそれは別のケンタウルスだった。真っ黒な髪と胴体で、ロナンより荒々しい感じがした。

「やあ、ベイン。元気かね？」とハグリッドが声をかけた。

「こんばんは。ハグリッド、あなたも元気ですか？」

「ああ、元気だ。なあ、ロナンにもいま聞いたんだが、最近この辺でなにかおかしなものを見んかったか？　実はユニコーンが傷つけられてな……おまえさん、なにか知らんかい？」

ベインはロナンのそばまで歩いていき、隣に立って空を見上げた。

「今夜は火星が明るい」ベインはそれだけ言った。

「それはもう聞いた」ハグリッドは不機嫌だった。

「さぁて、もしお二人さんのどっちかでも、なにか気がついたらおれに知らせてくれ、頼む。さあ、おれたちは行こうか」

ハリーとハーマイオニーは、ハグリッドのあとについてそこから離れた。二人は肩越しに何度も振り返り、木立が邪魔をして見えなくなるまで、ロナンとベインをしげしげと見つめていた。

「ただの一度も――」

ハグリッドはいらだちをあらわにして言った。

「ケンタウルスからはっきりした答えをもらったためしがない。いまいましい夢想家よ。星ばかり眺めて、月より近くのものにはなんの興味も持っとらん」

「森にはケンタウルスがたくさんいるの?」とハーマイオニーがたずねた。

「ああ、まあまあだな……たいていやっこさんたちはあんまりほかのやつとは接することがない。だがおれがなにか聞きたいときは、ちゃんと現れるという親切さはある。連中は深い。心がな。ケンタウルス……いろんなことを知っとるが……あまり教えちゃくれん」

「さっき聞いた音、ケンタウルスだったのかな？」ハリーが聞いた。

「あれが蹄(ひづめ)の音に聞こえたかね？　いいや、おれにはわかる。ユニコーンを殺したやつの物音だ……あんな音はいままで聞いたことがない」

三人は深く真っ暗な茂みの中を進んだ。ハリーは神経質に何度も後ろを振り返った。なんとなく見張られているようないやな感じがするのだ。ハグリッドもいるし、おまけに石弓もあるから大丈夫だ、とハリーは自分に言い聞かせた。ちょうど角を曲がったとき、ハーマイオニーがハグリッドの腕をつかんだ。

「ハグリッド！　見て、赤い火花よ。ネビルたちになにかあったんだわ！」

「二人ともここで待ってろ。この小道から外れるなよ。すぐもどってくるからな」

ハグリッドが下草をバッサバッサとなぎ倒し、ガサゴソと遠退(とおの)いていく音を聞きながら、二人は顔を見合わせていた。怖かった。とうとう二人のまわりの木の葉がカサコソとこすれ合う音しか聞こえなくなった。

「あの人たち、けがしたりしてないわよね？」ハーマイオニーがささやく。

「マルフォイがどうなったってかまわないけど、ネビルになにかあったら……もともとネビルは僕たちのせいでここにくることになってしまったんだから」

何分経ったろう。時間が長く感じられる。聴覚がいつもより研ぎ澄まされているようだ。ハリーにはどんな風のそよぎも、どんな細い小枝の折れる音も聞こえるような気がした。どうしたんだろう？　向こうの組はどこにいるんだろう？　やっとバリバリというものすごい音が聞こえ、ハグリッドがもどってきた。マルフォイ、ネビル、ファングを引き連れている。ハグリッドはカンカンに怒っている。どうやらマルフォイが、こっそりネビルの後ろに回ってつかみかかるという悪ふざけをしたらしい。ネビルがパニックに陥って火花を打ち上げたのだ。

「おまえたち二人がばか騒ぎしてくれたおかげで、もう捕まるものも捕まらんかもしれん。ようし、組分けを変えよう……ネビル、おれとくるんだ。ハーマイオニーも。ハリーはファングとこの愚かもんと一緒だ」

ハグリッドはハリーだけにこっそり耳打ちした。

「すまんな。おまえさんならこやつもそう簡単には脅せまい。とにかく仕事をやりおおせてしまわないとな」

ハリーは、マルフォイ、ファングと一緒にさらに森の奥へと向かった。森の奥深くを目指して、三十分も歩いただろうか。木立がびっしりと生い茂り、もはや道をたどるのはむりになった。ハリーには血の滴りも濃くなっているように思えた。木の根元に大量の血が飛び散っている。傷ついた哀れな生き物がこのあたりで苦しみ、のた打ち回ったのだろう。樹齢何千年の樫の古木の枝がからみ合うその向こうに、開けた平地が見えた。

「見て……」ハリーは、腕を伸ばしてマルフォイを制止しながらつぶやいた。

地面に純白に光り輝くものがあった。二人はさらに近づいた。

まさに一角獣だった。死んでいた。ハリーはこんなに美しく、こんなに悲しいものを見たことがなかった。

その長くしなやかな脚は、倒れたその場でバラリと投げ出され、その真珠色に輝くたてがみは暗い落葉の上に広がっている。

ハリーが一歩踏み出したそのとき、ズルズル滑るような音がした。ハリーの足はその場に凍りついた。平地の端が揺れた……そして、暗がりの中から頭をフードにすっぽり包んだなにかが、まるで獲物を漁る獣のように地面を這ってきた。ハリー、マルフォイ、ファングは金縛りにあったように立ちすくんだ。マントを着たその影はゆっくりと一角獣に近づき、かたわらに身をかがめて傷口からその血をすすりはじめたのだ。

「ぎゃああああアアア！」

マルフォイが絶叫して逃げ出した……ファングも……。フードに包まれた影が頭を上げ、ハリーを真正面から見た——一角獣の血がフードに隠れた顔から滴り落ちた。その影は立ち上がり、ハリーに向かってスルスルと近寄ってくる——ハリーは恐ろしさのあまり動けなかった。

その瞬間、いままで感じたことのないほどの激痛がハリーの頭を貫いた。額の傷痕が燃えるようだった——目がくらみ、ハリーはよろよろと倒れかかった。後ろから蹄の音が聞こえてきた。早足で駆けてくる。ハリーの真上をなにかがひらりと飛び越え、影に向かって突進した。

激痛のあまりハリーは膝をついた。一分、いや二分も経っただろうか。ハリーが顔を上げたときには、もう影は消えていた。ケンタウルスだけがハリーをかばうように立っていた。ロナンともベインともちがう。もっと若く、明るい金髪に胴はプラチナブロンド、淡い金茶色のパロミノのケンタウルスだった。

「けがはないかい？」ハリーを引っ張り上げて立たせながら、ケンタウルスが声をかけた。

「ええ……、ありがとう……。あれはなんだったのですか？」

ケンタウルスは答えない。信じられないほど青い目、まるで淡いサファイアのようだ。その目がハリーを観察し、そして額の傷にじっと注がれた。傷痕は額にきわだって青く刻まれていた。

「ポッター家の子だね？　早くハグリッドのところへもどったほうがいい。いま、森は安全ではない……特に君にはね。私に乗れるかな？　そのほうが速いから」

前足を曲げ身体を低くしてハリーが乗りやすいようにしながら、ケンタウルスが言った。

「私の名はフィレンツェだ」

そのとき突然、平地の反対側から疾走する蹄の音が聞こえてきた。木の茂みを破るように、ロナンとベインが現れた。脇腹がフウフウと波打ち、汗で光っている。

「フィレンツェ！」ベインがどなった。

「なんということを……人間を背中に乗せるなど、恥ずかしくないのですか？　君はただのロバなのか？」

「この子がだれだかわかっているのですか？　ポッター家の子です。一刻も早くこの森から離れさせたほうがいい」とフィレンツェが言った。

「君はこの子になにを話したんですか？　フィレンツェ、忘れてはいけない。我々は天に逆らわないと誓った。惑星の動きから、なにが起こるか読み取ったはずじゃないのかね」

ベインがうなるように言った。

「私はフィレンツェが最善と思うことをしているんだと信じている」

ロナンは落ち着かない様子で、蹄(ひづめ)で地面をかき、くぐもった声で言った。

「最善！ それが我々となんのかかわりがあるのです？ ケンタウルスは予言されたことにだけ関心を持てばそれでよい！ 森の中でさ迷う人間を追いかけて、ロバのように走り回るのが我々のすることでしょうか！」

ベインは怒って後ろ足を蹴り上げた。

フィレンツェも怒り、急に後ろ足で立ち上がったので、ハリーは振り落とされないように必死に彼の肩につかまった。

「あのユニコーンを見なかったのですか？」

フィレンツェはベインに向かって声を荒らげた。

「なぜ殺されたのか君にはわからないのですか？ それとも惑星がその秘密を君には教えていないのですか？ ベイン、僕はこの森に忍び寄るものに立ち向かう。そう、必要とあらば人間とも手を組む」

フィレンツェがさっと向きを変え、ハリーは必死でその背にしがみついた。二人はロナンとベインをあとに残し、木立の中に飛び込んだ。

なにが起こっているのか、ハリーにはまったく見当がつかなかった。

「どうしてベインはあんなに怒っていたの？　あなたはいったいなにから僕を救ってくれたのですか？」

フィレンツェはスピードを落とし、並足（なみあし）になった。低い枝にぶつかるので頭を低くしているようにと注意はしてくれたが、ハリーの質問には答えなかった。二人は黙ったまま、木立の中を進んだ。長い沈黙が続いたので、フィレンツェはもう口をききたくないのだろうとハリーは考えた。ところが、ひときわ木の生い茂った場所を通る途中、フィレンツェが突然立ち止まった。

「ハリー・ポッター、ユニコーンの血がなにに使われるか知っていますか？」

「いいえ」ハリーは突然の質問に驚いた。「角とか尾の毛とかを魔法薬の時間に使ったきりです」

「それはね、ユニコーンを殺すなんて非情きわまりないことだからなんです。これ以上失うものはなにもない、しかも殺すことで自分の命の利益になる者だけが、そのような罪を犯す。ユニコーンの血は、たとえ死の淵（ふち）にいるときにだって命を長らえさせてくれる。でも恐ろしい代償を払わなければならない。自らの命を救うために、純粋で無防備な生物を殺害するのだから、得られる命は完全な命ではない。その血が唇に触れた瞬間から、そのものは呪われた命を生きる、生きながらの死の命なのです」

フィレンツェの髪は月明かりで銀色の濃淡を作り出していた。ハリーはその髪を後ろから見つめた。

「いったいだれがそんなに必死に？」ハリーは考えながら話した。「永遠に呪われるんだったら、死んだほうがましだと思うけど。ちがいますか？」

「そのとおり。しかし、ほかのなにかを飲むまでの間だけ生き長らえればよいとしたら――完全な力と強さを取りもどしてくれるなにか――決して死ぬことがなくなるなにか。ポッター君、いまこの瞬間に、学校になにが隠されているか知っていますか？」

「『賢者の石』――そうか――命の水だ！　だけど、いったいだれが……」

「力を取りもどすために長い間待っていたのがだれか、思い浮かびませんか？　命にしがみついて、チャンスをうかがってきた存在のことを？」

ハリーは突然、鉄の手で心臓をわしづかみにされたような気がした。木々のざわめきの中から、ハグリッドにはじめて会ったあの夜、聞かされた言葉がよみがえってきた。

――あやつが死んだという者もいる。おれに言わせりゃ、くそくらえだ。やつに人間らしさのかけらでも残っていれば死ぬこともあろうさ――。

「それじゃ……」ハリーの声がしわがれた。「僕が、いま見たのはヴォル……」

「ハリー、ハリー、あなた大丈夫？」

ハーマイオニーが道の向こうから駆けてきた。ハグリッドもハアハア言いながらその後ろを走ってくる。

「僕は大丈夫だよ」

ハリーは自分がなにを言っているのか、ほとんどわからなかった。

「ハグリッド、ユニコーンが死んでる。森の奥の開けたところにいたよ」

「ここで別れましょう。君はもう安全だ」

ハグリッドが一角獣（ユニコーン）を確かめに急いで森の奥へもどっていくのを見ながら、フィレンツェがつぶやいた。

ハリーはフィレンツェの背中から滑り降りた。

「幸運を祈りますよ、ハリー・ポッター。ケンタウルスでさえも惑星の読みをまちがえたことがある。今回もそうなりますように」

フィレンツェは森の奥深くへゆっくりと走り去った——ぶるぶる震えているハリーを残して……。

みなの帰りを待っているうちに、ロンは真っ暗になった談話室で眠り込んでしまっていた。ハリーが乱暴に揺り動かして起こそうとすると、クィディッチだのファウルだのと寝言をさけんだ。しかし、ハリーがハーマイオニーと一緒に森であったことを話すうちに、ロンはすっかり目を覚ますことになった。

ハリーは座っていられなかった。まだ震えが止まらず、暖炉の前を往ったり来たりした。

「スネイプはヴォルデモートのためにあの石が欲しかったんだ……ヴォルデモートは森の中で待っているんだ……僕たち、いままでずっと、スネイプはお金のためにあの石を欲しがってるんだと思っていた……」

「その名前を言うのはやめてくれ！」

ロンはヴォルデモートに聞かれるのを恐れるかのように、怖々ささやいた。

ハリーの耳には入らない。

「フィレンツェは僕を助けてくれた。だけどそれはいけないことだったんだ……べインがものすごく怒っていた……惑星が起こるべきことを予言しているのに、それに干渉するなって言ってた……惑星はヴォルデモートがもどってくると予言しているんだ……ヴォルデモートが僕を殺すなら、それをフィレンツェが止めるのはいけないって、ベインはそう思ったんだ……僕が殺されることも星が予言してたんだ」

「頼むからその名前を言わないで！」ロンがシーッという口調で頼んだ。

「それじゃ、僕はスネイプが石を盗むのをただ待っていればいいんだ」

ハリーは熱に浮かされたように話し続けた。

「そしたらヴォルデモートがやってきて僕の息の根を止める……そう、それでベインは満足するだろう」

ハーマイオニーも怖がっていたが、ハリーを慰める言葉をかけた。

「ハリー、ダンブルドアは『あの人』が唯一恐れている人だって、みんなが言ってるじゃない。ダンブルドアがそばにいるかぎり、『あの人』はあなたに指一本触れることはできないわ。それに、ケンタウルスが正しいなんて、だれが言った？　私には占いみたいなものに思えるわ。マクゴナガル先生がおっしゃったでしょう。占いは魔法の中でも、とっても不正確な分野だって」

話し込んでいるうちに、空が白みはじめていた。ベッドに入ったときには三人ともくたくたで、話しすぎて喉（のど）がひりひりした。だがその夜の驚きはまだ終わってはいなかった。

ハリーがシーツをめくると、そこにはきちんと畳まれた透明マントが置いてあった。小さなメモがピンで止めてある。

「必要なときのために」

第16章　仕掛けられた罠

ヴォルデモートがいまにもドアを破って襲ってくるかもしれない、そんな恐怖におののきながら、いったいどうやって試験を終えることができたのだろう。この先何か経っても、ハリーはこの時期のことを正確には思い出せないにちがいない。じわじわと、いつのまにか数日が過ぎていた。フラッフィーはまちがいなくまだ生きていて、鍵のかかった扉の向こうで踏んばっていた。

うだるような暑さの中でも、筆記試験の大教室はことさらに暑い。試験開始前に、カンニング防止の魔法がかけられた特別な羽根ペンが生徒に配られた。

実技試験もあった。フリットウィック先生は、生徒を一人ずつ教室に呼び入れ、パイナップルを机の端から端までタップダンスさせられるかどうかを試した。マクゴナガル先生の試験は、ネズミを「嗅(か)ぎたばこ入れ」に変えることだった。美しい箱は点数が高く、ひげの生えた箱は減点された。スネイプは、「忘れ薬」の作り方を思い出そうとだれもが必死になっているときに生徒のすぐ後ろに回ってまじまじと監視するので、みなドギマギした。

森の事件以来、ハリーは額にずきずきと刺すような痛みを感じるようになっていたが、意識の外に置くよう努めた。ハリーが眠れないのを見て、ネビルはハリーが重症の試験恐怖症だろうと思ったようだが、例の悪夢のせいで何度も目を覚ましたというのが真相だ。しかもこれまでより怖い悪夢に変わり、フードをかぶった影が血を滴らせて現れるのだ。

ロンやハーマイオニーは、ハリーほど「石」を心配していないようだ。ハリーが森で見たあの光景を二人は見ていなかったせいでもあり、額の傷が燃えるように痛むこともないからかもしれない。たしかに二人ともヴォルデモートを恐れはしていたが、ハリーのように夢にうなされることはなかった。その上、試験勉強で忙しく、スネイプだろうがだれだろうが、なにを企んでいようが、そんなことを気にしている余裕などなかったのだ。

最後の試験は魔法史だった。試験は一時間。「勝手に中身をかき混ぜる大鍋」を発明した風変わりな老魔法使いたちについてを書き終えると、それですべてが終わった。一週間後に試験の結果が発表されるまでは、すばらしい自由な時間が待っている。幽霊のビンズ先生が、羽根ペンを置いて答案羊皮紙を巻きなさいと言ったときには、ハリーもほかの生徒たちと一緒に思わず歓声を上げていた。

「思ってたよりずっとやさしかったわ。一六三七年の狼人間の行動綱領とか、熱血漢エルフリックの反乱なんか、勉強する必要なかったんだわ」

さんさんと陽の射す校庭にわっと繰り出した生徒の群れに加わり、ハーマイオニーが言った。

ハーマイオニーはいつものように、試験の答合わせをしたがったが、ロンがそんなことをすると気分が悪くなると言ったので、三人は湖までぶらぶら下りていき、木陰に寝転ぶことにした。ウィーズリーの双子とリー・ジョーダンが、温かな浅瀬で日向ぼっこをしている大イカの足をくすぐっていた。

「もう勉強しなくてもいいんだ」

ロンが草の上に大の字になりながら、うれしそうにホーッと息をついた。

「ハリー、もっとうれしそうな顔をしろよ。試験でどんなにしくじったって、結果が出るまでにはまだ一週間もあるんだ。いまからあれこれ考えたってしようがないだろ」

「いったいどういうことなのか教えてほしいくらいなんだけど、このごろずうっと傷(きず)がうずくんだ……いままでもときどきこういうことはあったけど、こんなに続くのははじめてだ」

ハリーは額(ひたい)をこすりながら、怒りを吐き出すように言った。

「マダム・ポンフリーのところに行ったほうがいいわ」

ハーマイオニーが言った。

「僕は病気じゃない。これはきっと警告なんだ……なにか危険が迫っている証拠なんだ」

ロンはそれでも反応しない。なにしろ暑すぎるのだ。

「ハリー、リラックスしろよ。ハーマイオニーの言うとおりだ。ダンブルドアがいるかぎり、『石』は無事だよ。スネイプがフラッフィーを突破する方法を見つけたっていう証拠もないいし。いっぺん足を食いちぎられそうになったんだから、スネイプがすぐにまた同じ過ちを犯すわけないよ。それに、ハグリッドが口を割ってダンブルドアを裏切るなんてのも、ありえない。そんなことが起こるくらいなら、ネビルはとっくにクィディッチ世界選手権のイングランド代表選手になってるよ」

ハリーはうなずいた。しかし、なにか忘れている感じがしてならない。なにか大変なことを。ハリーがそれを説明すると、ハーマイオニーが言った。

「それって、試験のせいよ。私も昨日、夜中に目を覚まして、変身術のノートのおさらいを始めたのよ。半分くらいやってから、この試験はもう終わってたってことを思い出したの」

この落ち着かない気分は、試験とはまったく関係のないことだとハリーにははっきりわかっていた。まぶしいほどの青空に、ふくろうが手紙をくわえて学校のほうへ飛んでいくのが見えた。ハリーに手紙をくれたのはハグリッドだけだ。ハグリッドはけっしてダンブルドアを裏切ることはない。ハグリッドがどうやってフラッフィーを手なずけるかを、だれかに教えるはずがない……絶対に……しかし――。

ハリーは突然立ち上がった。

「どこに行くんだい？」ロンが眠たそうに聞いた。

「いま、気づいたことがあるんだ」ハリーの顔は真っ青だった。「すぐ、ハグリッドに会いにいかなくちゃ」

「どうして？」

ハリーに追いつこうと、息を切らしながらハーマイオニーが聞いた。

「おかしいと思わないか？」

草の茂った斜面をよじ登りながらハリーが言った。

「ハグリッドはドラゴンが欲しくてたまらなかった。でも、いきなり見ず知らずの人間が、たまたまドラゴンの卵をポケットに入れて現れるかい？　魔法界の法律で禁止されているのに、ドラゴンの卵を持ってうろついている人なんかざらにいるって言うのかい? ハグリッドにたまたま出会ったなんて、話がうますぎると思わないか？　どうしていままで気づかなかったんだろう」

「なにが言いたいんだい？」とロンが聞いたが、ハリーは答えもせずに、校庭を横切って森へと全力疾走した。

ハグリッドは家の外にいた。肘掛椅子に腰掛けて、ズボンも袖もたくし上げて、大きなボウルを前に置いて、豆のさやをむいていた。

「よう。試験は終わったかい。お茶でも飲むか？」

ハグリッドはにっこりした。

「うん。ありがとう」

ロンが言いかけるのをハリーがさえぎった。

「ううん。僕たち急いでるんだ。ねえハグリッド、聞きたいことがあるんだけど。ノーバートを賭けで手に入れた夜のことを覚えているかい。トランプをした相手って、どんな人だった？」

「わからんよ。マントを着たままだったしな」

ハグリッドはこともなげに答えた。

三人が絶句しているのを見て、ハグリッドは眉をちょっと動かしながら言った。

「そんなにめずらしいこっちゃない。『ホッグズ・ヘッド』なんてとこにゃ……村のパブだがな、おかしなやつがうようよしてる。もしかしたらドラゴン売人だったかもしれん。そうじゃろ？　顔も見んかったよ。フードをすっぽりかぶったままだったし……」

ハリーは豆のボウルのそばにへたり込んでしまった。

「ハグリッド。その人とどんな話をしたの？　ホグワーツのこと、なにか話したの？」

「話したかもしれん」

ハグリッドは思い出そうとして顔をしかめた。

「うん……おれがなにをしているのかって聞いたんで、森番をしているって言ったな……そしたらどんな動物を飼ってるかって聞いてきたんで……それに答えて……それで、ほんとはずうっと前からドラゴンが欲しいんだって言ったたな……それから……

あんまりよく覚えとらん。なにせ次々酒をおごってくれるんで……そうさなぁ……うん、それからドラゴンの卵を持ってるけどそれを賭けてカードをやってもいいってな……でもちゃんと飼えなきゃだめだって、どこにでもくれてやるわけにはいかないんだって……だから言ってやったよ。フラッフィーに比べりゃ、ドラゴンなんか楽なもんだって……」

「それで、そ、その人はフラッフィーに興味あるみたいだった？」

ハリーはなるべく落ち着いた声で聞いた。

「そりゃそうだ……三頭犬なんて、たとえホグワーツだって、そんなに何匹もいねえだろう？　だからおれは言ってやったよ。フラッフィーなんか、なだめ方さえ知ってれば、お茶の子さいさいだって。ちょいと音楽を聞かせてやればすぐねんねしちまうって……」

ハグリッドは突然、しまった大変だという顔をした。

「おまえたちに話しちゃいけなかったんだ！」

ハグリッドはあわてて言った。

「忘れてくれ！　おーい、みんなどこに行くんだ？」

玄関ホールに着くまで、互いに一言も口をきかなかった。校庭の明るさに比べると、ホールは冷たく、陰気に感じられた。

「ダンブルドアのところに行かなくちゃ」とハリーが言った。

「ハグリッドが怪しいやつに、フラッフィーをどうやって手なずけるかを教えてしまった。マントの人物はスネイプかヴォルデモートだったんだ……ハグリッドを酔っぱらわせてしまえば、あとは簡単だったにちがいない。ダンブルドアが僕たちの言うことを信じてくれればいいけど。ベインさえ止めなければ、フィレンツェが証言してくれるかもしれない。校長室はどこだろう？」

三人はあたりを見回した。どこかに矢印で校長室と書いてないだろうか。そう言えば、ダンブルドアがどこに住んでいるのかなんて聞いたことがないし、だれかが校長室に呼ばれたという話も聞いたことがない。

「こうなったら僕たちとしては……」

ハリーが言いかけたとき、突然ホールの向こうから声が響いてきた。

「そこの三人、こんなところでなにをしているのですか？」

山のように本を抱えたマクゴナガル先生だった。

「ダンブルドア先生にお目にかかりたいんです」

ハーマイオニーが勇敢にも（と、ハリーもロンも思った）そう言った。

「ダンブルドア先生にお目にかかる？」

マクゴナガル先生は、そんなことを望むのはどうも怪しいとでもいうように、おうむ返しに聞いた。

「理由は？」

ハリーはぐっと唾を飲み込んだ――さあどうしよう？

「ちょっと秘密なんです」

ハリーはそう言うなり、言わなければよかったと思った。マクゴナガル先生の鼻の穴がふくらんだのを見たからだ。

「ダンブルドア先生は、十分前にお出かけになりました」

マクゴナガル先生が冷たく言った。

「魔法省から緊急のふくろう便がきて、すぐにロンドンに飛び発たれました」

「先生がいらっしゃらない？　この肝心なときに？」ハリーはあわてた。

「ポッター。ダンブルドア先生は偉大な魔法使いですから、大変ご多忙でいらっしゃる……」

「でも、重大なことなんです」

「ポッター。魔法省の件よりあなたの用件のほうが重要だと言うんですか？」

「実は……」ハリーは慎重さをかなぐり捨てて言った。「先生……『賢者の石』の件なのです……」

この答えだけは、さすがのマクゴナガル先生にも予想外だったようだ。先生の手からバラバラと本が落ちたが、先生は拾おうともしない。

「どうしてそれを……？」

先生はしどろもどろだ。

「先生、僕の考えでは、いいえ、僕は知ってるんです。スネー……いや、だれかが『石』を盗もうとしています。どうしてもダンブルドア先生にお話ししなくてはならないんです」

マクゴナガル先生は驚きと疑いの入り交じった目をハリーに向けていたが、しばらくして、やっと口を開いた。

「ダンブルドア先生は、明日お帰りになります。あなた方がどうしてあの『石』のことを知ったかはわかりませんが、ご安心なさい。磐石（ばんじゃく）の守りですから、だれも盗むことはできません」

「でも先生……」

「ポッター。二度同じことは言いません」

先生はきっぱりと言った。

「三人とも外に行きなさい。せっかくのよい天気ですよ」

先生はかがんで本を拾いはじめた。

三人とも外には出なかった。

「今夜だ」

マクゴナガル先生が声の届かないところまで行ってしまうのを待って、ハリーが言った。

「スネイプが仕掛け扉を破るなら今夜だ。必要なことは全部わかったし、ダンブルドアも追いはらった。スネイプが手紙を送ったんだ。ダンブルドア先生が顔を出したら、きっと魔法省じゃきょとんとするにちがいない」

「でも私たちになにができるって……」

突然ハーマイオニーが息を呑んだ。ハリーとロンが急いで振り返ると、そこにスネイプが立っていた。

「おや、これはこれは」

スネイプがいやに愛想よく声をかけてきた。

三人はスネイプをじっと見つめた。

「諸君、こんな日に屋内にいるものではない」

スネイプは、とってつけたようなゆがんだほほえみを浮かべた。

「僕たちは……」

ハリーは、そのあとになにを言ったらよいのか考えつかなかった。

「もっと慎重に願いたいものですな。こんなふうにうろうろしているところを人が見たら、なにか企んでいるように見えますぞ。グリフィンドールとしては、これ以上減点される余裕はなかろう？」

ハリーは顔を赤らめた。三人が外に出ようとすると、スネイプが呼び止めた。

「ポッター、警告しておく。これ以上夜中にうろついているのを見かけたら、我輩が自ら君を退校処分にするぞ。さあもう行きたまえ」

スネイプは大股に職員室のほうに歩いていった。

入口の石段のところで、ハリーは二人に向かって緊迫した口調でささやいた。

「よし。こうしよう。だれか一人がスネイプを見張るんだ……職員室の外で待ち伏せして、スネイプが出てきたらあとをつける。ハーマイオニー、君がやってくれ」

「なんで私なの？」

「あたりまえだろう」ロンが言った。

「フリットウィック先生を待ってるふりをすればいいじゃないか」

ロンはハーマイオニーの声色を使った。

「ああ、フリットウィック先生。私、14bの答えをまちがえてしまったみたいで、とっても心配なんですけど……」

「まあ失礼ね。黙んなさい！」

それでも結局、ハーマイオニーがスネイプを見張ることになった。

「僕たちは四階の、例の廊下の外にいよう。さあ行くぞ」

ハリーはロンを促して四階に向かった。

しかし、こちらの計画は失敗だった。フラッフィーを隔離している扉の前に着いたところで、またマクゴナガル先生が現れたのだ。今度こそ堪忍袋（かんにんぶくろ）の緒（お）が切れたようだ。

「何度言ったらわかるんです！　あなたたちのほうが、何重もの魔法陣の守りより強いとでも思っているのですか！」とすごい剣幕（けんまく）。

「こんな愚かしいことはもう許しません！　もしあなたたちがまたこのあたりに近づいたと私の耳に入ったら、グリフィンドールは五〇点減点です！　ええ、そうですとも、ウィーズリー。私わたくし自分の寮でも減点します！」

ハリーとロンは寮の談話室にもどった。

「でも、まだハーマイオニーがスネイプを見張ってる」とハリーが言ったとたん、太った婦人レディの肖像画がパッと開いてハーマイオニーが入ってきた。

「ハリー、ごめん！」おろおろ声だ。

「スネイプが出てきて、なにしてるって聞かれたの。フリットウィック先生を待ってるって言ったのよ。そしたらスネイプがフリットウィック先生を呼びにいったの。だから私、ずっと捕まっちゃってて、いまやっともどってこれたの。スネイプがどこに行ったか、わからないわ」

「じゃあ、もう僕が行くしかない。そうだろう？」ハリーが言った。

ロンとハーマイオニーはハリーを見つめた。二人の見つめた蒼白そうはくな顔に、緑の目が燃えていた。

「僕は今夜ここを抜け出す。『石』をなんとか先に手に入れる」

「気は確かか！」とロンが言った。

「だめよ！　マクゴナガル先生にもスネイプにも言われたでしょ。退校になっちゃうわ！」

「だからなんだって言うんだ？」

ハリーがさけんだ。

「わからないのかい？　もしスネイプが『石』を手に入れたら、ヴォルデモートがもどってくるんだ。あいつがすべてを征服しようとしていたとき、どんなありさまだったか、聞いてるだろう？　退校にされようにも、ホグワーツそのものがなくなってしまうんだ。ペシャンコにされてしまう。でなければ闇の魔術の学校にされてしまうんだ！　減点なんてもう問題じゃない。それがわからないのかい？　グリフィンドールが寮対抗杯を獲得しさえしたら、君たちや家族には手出しをしないとでも思ってるのかい？

もし僕が『石』にたどり着く前に見つかってしまったら、そう、退校となって僕はダーズリー家にもどり、そこでヴォルデモートがやってくるのをじっと待つしかない。死ぬのが少し遅くなるだけだ。だって僕は絶対に闇の魔法には屈服しないからね！

今晩、僕は仕掛け扉を開ける。君たちがなんと言おうと僕は行く。いいかい、僕の両親はヴォルデモートに殺されたんだ」

ハリーは二人を睨みつけた。

「そのとおりだわ、ハリー」

ハーマイオニーが消え入るような声で言った。

「僕は透明マントを使うよ。マントがもどってきたのはラッキーだった」

「でも三人全員入れるかな?」とロンが言った。

「全員って……君たちも行くつもりかい?」

「ばか言うなよ。君だけを行かせると思うのかい?」

「もちろん、そんなことできないわ」

とハーマイオニーが威勢よく言った。

「私たちがいなけりゃ、どうやって『石』までたどり着くつもりなの。こうしちゃいられないわ。私、本を調べてくる。なにか役に立つことがあるかも……」

「でも、もし捕まったら、君たちも退校になるよ」

「それはどうかしら」ハーマイオニーが決然と言った。「フリットウィックがそっと教えてくれたんだけど、彼の試験で私は一〇〇点満点中一一二点だったんですって。これじゃ私を退校にはできないわ」


夕食後の談話室で、三人は落ち着かない様子でみなから離れて席を取った。三人のことを気に止める者は、だれもいないようだった。グリフィンドールの寮生は、もうハリーとは口をきかなくなっていた。しかし今夜ばかりは、三人とも無視されても気にならない。ハーマイオニーはこれから突破しなければならない呪いを一つでも見つけようとノートをめくっていた。ハリーとロンは黙りがちになって、それぞれがこれからやろうとしていることに考えを巡らせていた。

一人、二人と寮生が寝室に向かいはじめ、談話室に人気がなくなってきた。最後にリー・ジョーダンが伸びをしてあくびをしながら出ていった。

「マントを取ってきたら」とロンがささやいた。ハリーは階段を駆け上がり暗い寝室に向かった。透明マントを引っ張り出すと、ハグリッドがクリスマス・プレゼントにくれた横笛がふと目に止まった。フラッフィーの前で吹こうと、笛をポケットにしまった——とても歌う気持ちにはなれそうにもなかったから。

ハリーは談話室に駆けもどった。

「ここでマントを着てみたほうがいいな。三人ともに全部隠れるかどうかを確かめよう……もしも足が一本だけはみ出たまま歩き回っているのをフィルチにでも見つかったら……」

「君たち、なにしてるの？」

部屋の隅から声が聞こえた。

ネビルが肘掛椅子の陰から現れた。自由を求めてまた逃亡したいという顔をしたヒキガエルのトレバーをしっかりとつかんでいる。

「なんでもないよ、ネビル。なんでもない」

ハリーは急いでマントを後ろに隠した。

「また外に出るんだろ」

ネビルは三人のうしろめたそうな顔を見つめた。

「ううん。ちがう。ちがうわよ。出てなんかいかないわ。ネビル、もう寝たら？」

ハーマイオニーは取り繕おうと必死だ。

ハリーは扉の横の大きな柱時計を見た。もう時間がない。スネイプがいままさにフラッフィーに音楽を聞かせて眠らせているかもしれない。

「外に出てはいけないよ。また見つかったら、グリフィンドールはもっと大変なことになる」

ネビルは、いつになく真剣だった。

「君にはわからないことだけど、これは、とっても重要なことなんだ」

ハリーの言葉にも、ネビルは頑固に譲ろうとしない。

「行かせるもんか」

ネビルは出口の肖像画の前に進み、立ちはだかった。

「僕、僕、君たちと戦う!」

「ネビル」

ロンの癇癪玉が破裂した。

「そこをどけよ。ばかはよせ……」

「ばか呼ばわりするな! もうこれ以上規則を破ってはいけない! 恐れずに立ち向かえと言ったのは、君じゃないか」

「ああ、そうだ。でも立ち向かう相手は僕たちじゃない」

ロンがいきりたった。

「ネビル、君は自分がなにをしようとしてるのか、わかってないんだ」

ロンが一歩前に出ると、ネビルがヒキガエルのトレバーをポロリと落とした。トレバーはピョンと飛んで、行方をくらました。

「やるならやってみろ。なぐれよ! いつでもかかってこい!」

ネビルが拳を振り上げて言った。

ハリーはハーマイオニーを振り返り、弱り果てて頼んだ。

「なんとかしてくれ」

ハーマイオニーが一歩進み出た。

「ネビル、ほんとに、ほんとにごめんなさい」

ハーマイオニーは杖を振り上げ、ネビルに杖の先を向けた。

「ペトリフィカス　トタルス、石になれ！」

ネビルの両腕が体の脇にピチッと貼りつき、両足がパチッと閉じた。体が固くなり、その場でゆらゆらと揺れ、まるで一枚板のようにうつ伏せにバッタリ倒れた。

ハーマイオニーが駆け寄り、ネビルの体をひっくり返した。ネビルの口元はぐっと結ばれ、話すこともできなかった。ただ目だけを動かし、恐怖の色を浮かべて三人を見ていた。

「ネビルになにをしたんだい？」とハリーが小声でたずねた。

「『全身金縛り』の術をかけたの。ネビル、ほんとにごめんなさい」ハーマイオニーは辛そうだ。

「ネビル、こうしなくちゃならなかったんだ。わけを話してる暇がないんだ」とハリーは言い聞かせた。

「あとできっとわかるよ。ネビル」と、ロンもすまなそうに言った。

三人はネビルをまたぎ、透明マントをかぶった。

動けなくなったネビルを床に転がしたまま出ていくというには、幸先のよいこととは思えなかった。三人とも神経がぴりぴりしていたので、銅像の影を見るたびにフィルチかと脅えたり、遠くで鳴る風の音までがピーブズの襲いかかってくる音に聞こえたりした。

最初の階段の下までくると、ミセス・ノリスが階段の上を忍び歩いているのが見えた。

「ねえ、蹴っ飛ばしてやろうよ。一回だけ」とロンがハリーの耳元でささやいたけれど、ハリーは首を横に振った。藪を突ついて蛇を出す愚は避けなければならない。気づかれないように慎重に彼女を避けて上がっていくと、ミセス・ノリスはランプのような目で三人に視線を向けたが、なにもしなかった。

四階に続く階段の下にたどり着くまで、あとはだれにも出会わなかった。四階へ上がる階段の途中でピーブズがひょこひょこ上下に揺れながら、だれかをつまずかせようと絨毯をたるませていた。

「そこにいるのはだーれだ?」

三人が階段を上っていくと、突然ピーブズが意地悪そうな黒い目を細めた。

「見えなくたって、そこにいるのはわかってるんだ。だーれだ。幽霊っ子、亡霊っ子、それとも生徒のいたずらっ子か？」

ピーブズは空中に飛び上がり、ぷかぷかしながら目を細めて三人のほうを見た。

「見えないものが忍び歩きしてる。フィルチを呼ぉぼお。呼ばなくちゃ」

突然ハリーは閃いた。

「ピーブズ」ハリーは低いしわがれ声を出した。

「血みどろ男爵様が、わけあって身を隠しているのがわからんか」

ピーブズは肝をつぶして空中から転落しそうになったが、あわや階段にぶつかる寸前、やっとのことで空中に踏みとどまった。

「も、申し訳ありません。血みどろ閣下、男爵様」

ピーブズはとたんにへりくだった。

「手まえの失態でございます。まちがえました……お姿が見えなかったものですから……そうですとも、透明で見えなかったのでございます。老いぼれピーブズめの茶番劇を、どうかお許しください」

「わしはここに用がある。ピーブズ、今夜はここに近寄るでない」

ハリーは、またしわがれ声で言った。

「はい、閣下。仰せのとおりにいたします」

ピーブズはふたたび空中に舞い上がった。

「首尾よくお仕事が進みますように。男爵様。お邪魔はいたしません」

ピーブズはサッと消えた。

「すごいぞ、ハリー！」ロンが小声で言った。

まもなく三人は四階の廊下にたどり着いた。扉はすでに少し開いていた。

「ほら、やっぱりだ」ハリーは声を殺した。

「スネイプはもうフラッフィーを突破したんだ」

開いたままの扉を見ると、三人は自分たちのしようとしていることがなんなのかをあらためて思い知らされた。マントの中でハリーは二人を振り返った。

「君たち、もどりたかったら、恨んだりしないからもどってくれ。マントも持っていっていい。僕にはもう必要がないから」

「ばか言うな」

「一緒に行くわ」ロンとハーマイオニーが答えた。

ハリーは扉を押し開けた。

扉はきしみながら開き、低い、グルルルというなり声が聞こえた。三つの鼻が、姿の見えない三人のいる方向をしゃにむに嗅(か)ぎ回った。

「犬の足下にあるのは、なにかしら」とハーマイオニーがささやいた。

「ハープみたいだ。スネイプが置いていったにちがいない」とロンが言った。

「きっと音楽がやんだとたん、起きてしまうんだ」とハリーが言った。

「さあ、はじめよう……」

ハリーはハグリッドにもらった横笛を唇に当てて吹きはじめた。メロディーとも言えないものだったが、最初の音を聞いた瞬間から、三頭犬はトロンとしはじめた。ハリーは息も継がずに吹いた。だんだんと犬のうなり声が消え、よろよろっとしたかと思うと、膝(ひざ)をついて座り込み、ごろりと床に横たわった。ぐっすりと眠り込んだようだ。

「吹き続けてくれ」

三人がマントを抜け出す際に、ロンが念を押した。三人はそうっと仕掛け扉のほうに移動し、犬の巨大な頭に近づいた。熱くて臭い鼻息がかかった。

犬の背中越しに向こう側をのぞき込んで、ロンが言った。

「扉は引っ張れば開くと思うよ。ハーマイオニー、先に行くかい？」

「いやよ！」

「ようし！」

ロンがギュッと歯を食いしばって、慎重に犬の足をまたいだ。かがんで仕掛け扉の引き手を引くと、扉が跳ね上がった。

「なにが見えるの？」ハーマイオニーが怖々たずねた。

「なんにも……真っ暗だ……降りていく階段もない。落ちていくしかない」

ハリーはまだ横笛を吹いていたが、ロンに手で合図をし、自分自身を指さした。

「君が先に行きたいのかい？　本当に？」とロンが言った。

「どのくらい深いかわからないよ。ハーマイオニーに笛を渡して、犬を眠らせておいてもらおう」

ハリーは横笛をハーマイオニーに渡した。ほんのわずか音が途絶えただけで、犬はグルルとうなり、ぴくぴく動いた。ハーマイオニーが吹きはじめると、またすぐ深い眠りに落ちていった。

ハリーは犬を乗り越え、仕掛け扉から下を見た。底が見えない。

ハリーは穴に入り、最後に指先だけで扉にしがみつき、ロンを見上げて言った。

「もし僕の身になにか起きたら、ついてくるなよ。まっすぐふくろう小屋に行って、ダンブルドアに宛ててヘドウィグを送ってくれ。いいかい？」

「了解」

「じゃ、あとで会おう。できればね……」

ハリーは指を離した。冷たい湿った空気を切ってハリーは落ちていった。下へ……下へ……下へ……そして――

ドシン。奇妙な鈍い音を立てて、ハリーはなにやら柔らかい物の上に着地した。ハリーは座りなおし、目が暗闇に慣れるまで、あたりを手探りで触ってみた。なにかの植物のようなものの上に座っている感じだった。

「オーケーだよ！」

入口の穴は切手ぐらいの小ささに見えた。その明かりに向かってハリーはさけんだ。

「軟着陸だ。飛び降りても大丈夫だよ！」

ロンがすぐ飛び降りてきた。ハリーのすぐ隣に大の字になって着地した。

「これ、なんだい？」ロンの第一声だ。

「わかんない。なにか植物らしい。落ちるショックを和らげるためにあるみたいだ。さあ、ハーマイオニー、おいでよ！」

遠くで聞こえていた笛の音がやんだ。犬が大きな声で吠えている。でもハーマイオニーはもうジャンプしていた。ロンとは反対側のハリーの横に着地した。

「ここって、学校の何キロも下にちがいないわ」とハーマイオニーが言った。

「この植物のおかげで、ほんとにラッキーだった」ロンが言った。

「ラッキーですって！」

ハーマイオニーが悲鳴を上げた。

「二人とも自分を見てごらんなさいよ！」

ハーマイオニーははじけるように立ち上がり、じとっと湿った壁のほうに行こうともがいた。ハーマイオニーが着地したとたん、植物のツルがヘビのように足首にからみついてきたのだ。知らないうちにハリーとロンの足は、長いツルで固く締めつけられていた。

ハーマイオニーは植物が固く巻きつく前だったのでなんとか振りほどき、ハリーとロンがツルと奮闘するのを、引きつった顔で見ていた。振りほどこうとすればするほど、ツルはますますきつく、すばやく二人に巻きついた。

「動かないで！」ハーマイオニーがさけんだ。

「私、知ってる……これ、『悪魔の罠』だわ！」

「あぁ。なんて名前か知ってるなんて、大いに助かるよ」

ロンが首に巻きつこうとするツルから逃れようと、のけぞりながらうなった。

「黙ってて！　どうやってやっつけるか、思い出そうとしてるんだから！」とハーマイオニー。

「早くして！　もう息ができないよ」

ハリーは胸に巻きついたツルと格闘しながら喘いだ。

「『悪魔の罠』、『悪魔の罠』っと……スプラウト先生はなんと言ったっけ？　暗闇と湿気を好み……」

「だったら火をつけて！」

ハリーは息も絶え絶えだ。

「そうだわ……それよ……でも薪がないわ！」

ハーマイオニーがいらいらと両手をよじりながらさけんだ。

「気が変になったのか！　君はそれでも魔女か！」ロンが大声を出した。

「あっ、そうだった！」

ハーマイオニーはサッと杖を取り出し、なにやらつぶやきながら振った。すると、スネイプにしかけたのと同じリンドウ色の炎が植物めがけて噴き出した。光と温もりで草がすくみ上がり、二人の体を締めつけていたツルは、見る見る解けていった。草は身をよじり、へなへなとほぐれ、二人はツルを振りはらって自由になった。

「ハーマイオニー、君が薬草学をちゃんと勉強してくれていてよかったよ」

額の汗を拭いながら、ハリーもハーマイオニーのいる壁のところに行った。

「ほんとだ。それにこんな危険な状態で、ハリーが冷静でよかったよ……それにしても『薪がないわ』なんて、まったく……」とロンが言った。

「こっちだ」

ハリーは奥へ続く石の一本道を指さした。

足音以外に聞こえるのは、壁を伝い落ちる水滴のかすかな音だけだった。通路は下り坂で、ハリーはグリンゴッツを思い出した。そういえば、あの魔法銀行ではドラゴンが金庫を守っているとか……ハリーの心臓にいやな震えが走った。もしここでドラゴンに出くわしたら、それもおとなのドラゴンだったら。赤ん坊のノーバートだって手に負えなかったというのに……。

「なにか聞こえないか？」とロンが小声で言った。

ハリーも耳を澄ました。前方から、柔らかくこすれ合う音やチリンチリンという音が聞こえてきた。

「ゴーストかな？」

「わからない……羽の音みたいに聞こえるけど」

「前のほうに光が見える……なにか動いている」

三人は通路の出口に出た。目の前にまばゆく輝く部屋が広がった。天井は高くアーチ形をしている。宝石のようにキラキラとした無数の小鳥が、部屋いっぱいに飛び回っていた。部屋の向こう側には分厚い木の扉がある。

「僕たちが部屋を横切ったら鳥が襲ってくるんだろうか？」とロンが聞いた。

「たぶんね。そんなに獰猛には見えないけど、もし全部いっぺんに飛びかかってきたら……でも、ほかに手段はない……僕は走るよ」とハリーが言った。

大きく息を吸い込み、腕で顔を覆い、ハリーは部屋を駆け抜けた。いまにも鋭い嘴や爪が襲ってくるかもしれないと思ったが、何事も起こらなかった。ハリーは無傷で扉にたどり着いた。取っ手を引いてみたが、鍵がかかっていた。

ロンとハーマイオニーが続いてやってきた。三人で押せども引けども扉はビクともしない。ハーマイオニーがアロホモラ呪文を試してみたが、やはりだめだった。

「どうする？」ロンが言った。

「鳥よ……鳥はただの飾りでここにいるんじゃないはずだわ」とハーマイオニーは

思案深げだ。

三人は頭上高く舞っている鳥を眺めた。輝いている――輝いている？

「鳥じゃないんだ！」

ハリーが突然言った。

「鍵なんだよ！　羽の生えた鍵だ。よく見てごらん。ということは……」

ハリーは部屋を見渡した。あとの二人は目を細めて鍵の群れを見つめていた。

「……よし。ほら！　箒だ！　ドアを開ける鍵を捕まえなくちゃいけないんだ！」

「でも、何百羽もいるよ！」

ロンは扉の錠を調べた。

「大きくて昔風の鍵を探すんだ……たぶん取っ手と同じ銀製だ」

三人はそれぞれ箒を取り、地面を蹴り、空中を浮遊する鍵の雲のまっただ中へと舞い上がった。三人とも捕もうとしたり引っかけようとしたりしたが、魔法がかけられた鍵たちはスイスイとすばやく飛び去り、急降下し、とても捕まえることができなかった。

しかし、ハリーはだてに今世紀最年少のシーカーをやっているわけではない。ほかの人には見えないものを見つける能力がある。一分ほど虹色の羽の渦の中を飛び回っているうちに、大きな銀色の鍵を見つけた。一度捕まってむりやり鍵穴に押し込まれたかのように、片方の羽が折れている。

「あれだ！」ハリーは二人に向かってさけんだ。「あの大きいやつだ……そこ、ちがうよ、そこだよ……明るいブルーの羽だ……羽が片方、ひん曲がっている」

ロンはハリーの指さす方向に猛スピードで向かい、天井にぶつかって危うく箒から落ちそうになった。

「三人で追い込まなくちゃ！」

曲がった羽の鍵から目を離さずに、ハリーが呼びかけた。

「ロン、君は上のほうからきて……ハーマイオニー、君は下にいて降下できないようにしておいてくれ。僕が捕まえてみる。それ、いまだ！」

ロンが急降下し、ハーマイオニーが急上昇した。鍵は二人をかわしたものの、今度はハリーが一直線に追ってきていた。鍵は壁に向かってスピードを上げた。ハリーは前かがみになった。バリバリッというやな音がしたかと思うと、ハリーが片手で鍵を石壁に押さえつけていた。ロンとハーマイオニーの歓声が部屋中に響き渡った。

三人は大急ぎで着地し、ハリーは手の中でバタバタもがいている鍵をしっかりつかんで扉に走った。鍵穴に突き差し回す——うまくいった。扉がカチャリと開いた。その瞬間、鍵はまた飛び去った。二度も捕まったので、鍵はひどく痛めつけられた飛び方をした。

「いいかい？」

ハリーが取っ手に手をかけながら二人に声をかけた。二人がうなずいた。ハリーが引っ張ると扉が開いた。

次の部屋は真っ暗でなにも見えなかった。しかし、一歩中に入ると、突然光が部屋中にあふれ、驚くべき光景が目の前に広がった。

大きなチェス盤がある。三人は黒い駒のそばに立っていた。チェスの駒は三人よりも背が高く、黒い石のようなものでできていた。部屋のずっと向こう側に、こちらを向いて白い駒が立っていた。三人は身震いした——見上げるような白い駒はみな顔なしののっぺらぼうだった。

「さあ、どうしたらいいんだろう？」ハリーがささやいた。

「見ればわかるよ。だろう？　向こうに行くにはチェスをしなくちゃ」とロンが言った。

白い駒の後ろに、もう一つの扉が見えた。

「どうやるの？」ハーマイオニーは不安そうだった。

「たぶん、僕たちがチェスの駒にならなくちゃいけないんだ」とロン。

ロンは黒のナイトに近づき、手を伸ばして馬に触れた。すると石に命が吹き込まれた。馬は蹄（ひづめ）で地面をかき、兜（かぶと）をかぶったナイトがロンを見下ろした。

「僕たち……あの……向こうに行くにはチェスに参加しなければいけませんか？」

黒のナイトがうなずいた。ロンは二人を振り返った。

「ちょっと考えさせて……」とロンが言った。

「僕たち三人が一人ずつ黒い駒の役目をしなけりゃならないんだ……」

ハリーとハーマイオニーは、ロンが考えを巡らせているのをおとなしく見ていた。

しばらくしてロンが言った。

「あのさ、気を悪くしないでくれよ。でも二人とも、あんまりチェスは上手じゃないから……」

「気を悪くなんかするもんか。なにをしたらいいのか言ってくれ」

ハリーが即座に答えた。

「じゃ、ハリー。君はビショップとかわって。ハーマイオニーはその隣でルークのかわりをするんだ」

「ロンは？」

「僕はナイトになるよ」

チェスの駒はロンの言葉を聞いていたようだ。黒のナイトとビショップとルークがくるりと白に背を向けてチェス盤を降り、ハリーとロンとハーマイオニーに持ち場を譲った。

「白駒が先手なんだ」

ロンがチェス盤の向こう側をのぞきながら言った。

「ほら……見て……」

白のポーンが二つ前に進んだ。

ロンが黒駒に動きを指示しはじめた。駒はロンの言うとおり黙々と動いた。ハリーは膝(ひざ)が震えた。負けたらどうなるんだろう？

「ハリー、斜め右に四つ進んで」

ロンと対(つい)になっている、黒のナイトが取られてしまったときが最初のショックだった。白のクイーンが黒のナイトを床にたたきつけ、チェス盤の外に引きずり出したのだ。ナイトは身動きもせず盤外にうつ伏せに横たわった。

「こうしなくちゃならなかったんだ」

ロンが震えながら言った。

「君があのビショップを取るためには、道を空けとかなきゃならなかったんだ。ハーマイオニー、さあ、進んで」

白は、黒駒を取る際になんの情けもかけなかった。しばらくすると負傷した黒駒が壁際に累々と積み上がった。ハリーとハーマイオニーが取られそうになっているのに、ロンが危機一髪のところで気づいたことも二回あった。ロンもチェス盤の上を走り回って、取られたと同じくらいの白駒を取った。

「詰めが近い」ロンが急につぶやいた。

「ちょっと待てよ――うーん……」

白のクイーンが、のっぺらぼうの顔をロンに向けた。

「やっぱり……」ロンが静かに言った。

「これしか手はない……僕が取られるしか」

「だめ！」

ハリーとハーマイオニーが同時にさけんだ。

「これがチェスなんだ！」

ロンはきっぱりと言った。

「犠牲は払わなくちゃならない！　僕が一駒前進する。そうするとクイーンが僕を取る。ハリー、それで君は動けるようになるから、キングにチェックメイトをかけるんだ！」

「でも……」

「スネイプを食い止めたいんだろう。ちがうのかい？」

「ロン……」

「急がないと、スネイプがもう『石』を手に入れてしまったかもしれないぞ！」

そうするしかない。

「いいかい？」

ロンが青ざめた顔で、しかしきっぱりと言った。

「じゃあ、僕は行くよ……いいかい、勝ったらここでぐずぐずしてたらだめだぞ」

ロンが前に出る。白のクイーンが飛びかかった。ロンの頭を石の腕でなぐりつけ、ロンは床に倒れた――ハーマイオニーは悲鳴を上げたけれど、自分の持ち場に踏みとどまった――白のクイーンがロンを片隅に引きずっていく。ロンは気絶しているようだった。

震えながら、ハリーは三つ左に進んだ。

そして、白のキングは王冠を脱ぎ、ハリーの足元に投げ出した——勝った。チェスの駒は左右に分かれ、前方の扉への道を空けてお辞儀をした。もう一度だけロンを振り返り、ハリーとハーマイオニーは扉に突進し、次の通路を進んだ。

「もしロンが……？」

「大丈夫だよ」

ハリーが自分に言い聞かせるように言った。

「次はなんだと思う？」

「スプラウトはすんだわ。悪魔の罠だった……鍵に魔法をかけたのはフリットウィックにちがいない……チェスの駒を変身させて命を吹き込んだのはマクゴナガルだし……とすると、残るはクィレルの呪文とスネイプの……」

二人は次の扉にたどり着いた。

「いいかい？」

ハリーが小声ながら強く言った。

「開けて」

ハリーが扉を押し開けた。

むかつくような臭いが鼻をつき、二人はローブを引っ張り上げて鼻を覆った。目を瞬かせながら見ると、トロールがそこにいた。前にやっつけたのよりもさらに大きなやつだった。しかし、頭に血だらけのこぶを作り、気絶して横たわっていた。

「いまこんなトロールと戦わなくてよかった」

小山のような足をそぉっとまたぎながら、ハリーがつぶやいた。

「さあ行こう、息が詰まりそうだ」

ハリーは次の扉を開けた。なにが出てくるか、二人ともまともに見られないような気がした。だが、特に恐ろしいものはなかった。ただテーブルがあって、その上に形の違う七つの瓶が一列に並んでいた。

「スネイプだ」

ハリーが言った。

「なにをすればいいんだろう」

扉の敷居をまたぐと同時に、二人がいま通ってきたばかりの入口に突如として火が燃え上がった。ただの火ではない。紫の炎だ。時を同じくして前方のドアの入口にも黒い炎が上がった。閉じ込められてしまった。

「見て！」

ハーマイオニーが瓶の横に置かれていた巻紙を取り上げた。ハリーはハーマイオニーの肩越しにその紙を読んだ。

前には危険　後ろは安全
君が見つけさえすれば　二つが君を救うだろう
七つのうちの一つだけ　君を前進させるだろう
別の一つで退却の　道が開ける　その人に
二つの瓶は　イラクサ酒
残る三つは殺人者　列にまぎれて隠れてる
長々居たくないならば　どれかを選んでみるがいい
君が選ぶのに役に立つ　四つのヒントを差し上げよう
まず第一のヒントだが　どんなにずるく隠れても
毒入り瓶のある場所は　いつもイラクサ酒の左
第二のヒントは両端の　二つの瓶は種類がちがう
君が前進したいなら　二つのどちらも友ではない
第三のヒントは見たとおり　七つの瓶は大きさがちがう
コビトも巨人もどちらにも　死の毒薬は入ってない

第四のヒントは双子の薬　ちょっと見た目はちがっても
左端から二番目と　右の端から二番目の　瓶(びん)の中身は同じ味

ハーマイオニーはホォッと大きなため息をついた。なんと、ほほえんでいる。こんなときに笑えるなんて、とハリーは驚いた。

「すごいわ！」

ハーマイオニーが言った。

「これは魔法じゃなくて論理よ。パズルだわ。大魔法使いと言われるような人って、論理についてはかけらも持っていない人がたくさんいるのよ。そういう人は、ここで永久に行き止まりだわ」

「でも僕たちもそうなってしまうんだろう？　ちがう？」

「もちろん、そうはならないわ」とハーマイオニーが言った。

「必要なことは全部この紙に書いてある。七つの瓶があって、三つは毒薬、二つはお酒、そして一つは黒い炎の中を安全に通させてくれ、一つは紫の炎を通り抜けて私たちがもどれるようにしてくれる」

「でも、どれを飲んだらいいか、どうやったらわかるの？」

「ちょっとだけ待って」

ハーマイオニーは紙を何回か読みなおした。それから、ブツブツひとり言をつぶやいたり、瓶を指さしたりしながら、瓶の列に沿って往ったり来たりした。そしてついにパチンと手を打った。

「わかったわ。一番小さな瓶が、黒い火を通り抜けて『石』のほうへ行かせてくれる」

ハリーはその小さな瓶を見つめた。

「一人分しかないね。ほんのひと口しかないよ」

二人は顔を見合わせた。

「紫の炎をくぐってもどれるようにする薬はどれ?」

ハーマイオニーが一番右端にある丸い瓶を指さした。

「君がそれを飲んでくれ」とハリーが言った。

「いいから黙って聞いてほしい。もどってロンと合流してくれ。それから鍵が飛び回っている部屋に行って箒に乗る。そうすれば仕掛け扉もフラッフィーも飛び越えられる。まっすぐふくろう小屋に行って、ヘドウィグをダンブルドアに送ってくれ。彼が必要なんだ。しばらくならスネイプを食い止められるかもしれないけど、やっぱり僕じゃかなわないはずだ」

「でもハリー、もし『例のあの人』がスネイプと一緒にいたらどうするの？」

「そうだな。僕、一度は幸運だった。そうだろう？」

ハリーは額の傷を指さした。

「だから二度目も幸運かもしれない」

ハーマイオニーは唇を震わせ、突然ハリーに駆け寄り、両手で抱きついた。

「ハーマイオニー！」

「ハリー、あなたって、偉大な魔法使いよ」

「僕、君にかなわないよ」

ハーマイオニーが手を離すと、ハリーはどぎまぎしながら言った。

「私なんて！　本がなによ！　頭がいいなんてなによ！　もっと大切なものがあるのよ……友情とか勇気とか……ああ、ハリー、お願い、気をつけてね！」

「まず君から飲んで。どの瓶がなんの薬か、自信があるんだね？」

「絶対よ」

ハーマイオニーは列の端にある大きな丸い瓶を飲み干し、身震いした。

「毒じゃないんだろうね？」

ハリーが心配そうに聞いた。

「大丈夫……でも氷みたいなの」

「さあ、急いで。効き目が切れないうちに」

「幸運を祈ってるわ。気をつけてね」

「はやく！」

ハーマイオニーは踵を返して、紫の炎の中をまっすぐ進んでいった。

ハリーは深呼吸をして、小さな瓶を取り上げ、黒い炎に顔を向けた。

「行くぞ」

そう言うと、ハリーは小さな瓶を一気に飲み干した。

まさに冷たい氷が体中を流れていくようだった。ハリーは瓶を置き、歩きはじめた。気を引き締め、黒い炎の中を進んだ。炎がメラメラとハリーの体をなめたが、熱くはなかった。しばらくの間、黒い炎しか見えなかった……が、とうとう炎の向こう側に出た。そこは最後の部屋だった。

そこにはすでにだれか人がいた。しかし――それはスネイプではなかった。ヴォルデモートでさえもなかった。

第17章　二つの顔を持つ男

そこにいたのはクィレルだった。

「あなたが！」ハリーは息を呑んだ。

クィレルは笑いを浮かべた。その顔はいつもとちがい、痙攣などしていなかった。

「わたしだ」落ち着きはらった声だ。「ポッター、君にここで会えるかもしれないと思っていたよ」

「でも、僕は……スネイプだとばかり……」

「セブルスか？」

クィレルは笑った。いつものかん高い震え声ではなく、冷たく鋭い笑いだった。

「たしかに、セブルスはまさにそんなタイプに見える。彼が育ちすぎたこうもりみたいに飛び回ってくれたのは、とても役に立った。スネイプのそばにいれば、だれだって、か、かわいそうな、お、臆病者の、ク、クィレル先生を疑いやしないだろう?」

ハリーは信じられなかった。こんなはずはない。なにかのまちがいだ。

「でもスネイプは僕を殺そうとした!」

「いや、いや、いや。殺そうとしたのはわたしだ。あのクィディッチの試合で、君の友人のミス・グレンジャーがスネイプに火をつけようと急いでやってきて、たまたまわたしにぶつかり、その勢いでわたしは倒れてしまった。それで君から目を離してしまったんだ。箒(ほうき)から振り落とすまで、もう少しというところだったんだがね。君を救おうとスネイプがわたしのかけた魔法への反対呪文を唱えてさえいなければ、もっと早くたたき落とせたんだ」

「スネイプが僕を救おうとしていた?」

「そのとおり」

クィレルは冷たく言い放った。

「彼がなぜ次の試合で審判を買って出たと思うかね? わたしが二度と同じことをしないようにだよ。まったくおかしなことだ……そんな心配をする必要はなかったんだ。ダンブルドアが見ている前では、いかにわたしでもなにもできはしないのだから。ほかの先生方は全員、スネイプがグリフィンドールの勝利を阻止するために審判を申し出たと思ったようだ。スネイプは憎まれ役を買って出たというわけだが……ずいぶんと時間をむだにしたものよ。どうせ今夜、わたしがおまえを殺すというのに」

クィレルが指をパチッと鳴らした。縄がどこからともなく現れ、ハリーの体に固く巻きついた。

「ポッター、君はいろいろなところに首を突っ込みすぎる。生かしてはおけない。ハロウィーンのときも、あんなふうに学校中をちょろちょろしおって。『賢者の石』を守っているのがなんなのかを見にわたしがもどってきたときも、君はわたしを見てしまったのではないかな」

「あなたがトロールを入れたのですか?」

「さよう。わたしはトロールについては特別な才能がある……ここにくる前の部屋で、わたしが倒したトロールを見たね。残念なことにあのときは、みながトロールを探して走り回っていたというのに、わたしを疑っていたスネイプだけがまっすぐ四階にきてわたしの前に立ちはだかった……わたしのトロールが君を殺しそこねたばかりか、三頭犬はスネイプの足を噛み切りそこねた。

さあポッター、おとなしく待っておれ。このなかなかおもしろい鏡を調べなくてはならないからな」

そのときはじめて、ハリーはクィレルの後ろにあるものに気がついた。あの「みぞの鏡」だった。

「この鏡が『石』を見つける鍵なのだ」

クィレルは鏡の枠をコツコツたたきながらつぶやいた。

「ダンブルドアなら、こういうものを考えつくだろうと思った……しかし、彼はいまロンドンだ……帰ってくるころには、わたしはとっくに遠くに去っている……」

ハリーにできることは、とにかくクィレルに話し続けさせ、鏡に集中できないようにすることだ。それしか思いつかない。

「僕、あなたが森の中でスネイプと一緒にいるところを見た……」

ハリーが出し抜けに言った。

「ああ」

クィレルは鏡の裏側に回り込みながら、いいかげんな返事をした。

「スネイプはわたしに目をつけていて、わたしがどこまで知っているかを確かめようとしていた。はじめからずっとわたしのことを疑っていた。わたしを脅そうとしたんだ。わたしにはヴォルデモート卿がついているというのに……それでも脅せると思っていたのだろうかね」

クィレルは鏡の裏を調べ、また前に回って、食い入るように鏡に見入った。

『『石』が見える……ご主人様にそれを差し出しているのが見える……でもいったい石はどこだ？」

ハリーは縄を解こうともがいたが、結び目は固かった。なんとかしてクィレルの注意を鏡からそらさなくては……。

「でもスネイプは、僕のことをずっと憎んでいた」

「ああ、そうだ」

クィレルがこともなげに言った。

「まったくそのとおりだ。おまえの父親と彼はホグワーツの同窓だった。知らなかったのか？　互いに毛嫌いしていた。だがおまえを殺そうなんて思うわけがない」

「でも二、三日前、あなたが泣いている声を聞きました……スネイプが脅しているんだと思った」

クィレルの顔にはじめて恐怖がよぎった。

「ときには、ご主人様の命令に従うのが難しいこともある……あの方は偉大な魔法使いであるし、わたしは弱い……」

「それじゃ、あの教室に、あなたは『あの人』と一緒にいたと言うんですか？」

ハリーは息を呑んだ。

「わたしの行くところ、どこにでもあの方がいらっしゃる」

クィレルが静かに言った。

「世界旅行の途中で、あの方にはじめて出会った。当時わたしは愚かな若輩で、善悪についてばかげた考えしか持っていなかった。ヴォルデモート卿はわたしがいかに誤った考えでいるかを教えてくださった。善と悪が存在するのではなく、力と力を求めるには弱すぎる者とが存在するだけなのだと……それ以来、わたしはあの方の忠実な下僕になった。もちろんあの方を何度も失望させてしまったのも事実だ。だから、あの方はわたしにとても厳しくしなければならなかった」

突然クィレルは震え出した。

「過ちを簡単に許してはいただけない。グリンゴッツから『石』を盗み出すのにしくじったときは、とてもご立腹された。わたしを罰した……そして、わたしをもっと間近で見張らなければならないと決心なさった……」

クィレルの声が次第に小さくなっていった。ハリーはダイアゴン横丁での出来事を思い出していた――なぜいままで気がつかなかったのだろう？　ちょうどあの日にクィレルに会っているし、「漏れ鍋」で握手までしたではないか。

クィレルは低い声で罵(ののし)った。

「いったいどうなっているんだ……『石』は鏡の中に埋まっているのか？　鏡を割ってみるか？」

ハリーは目まぐるしくいろいろなことを考えていた。

――いま、なによりも欲しいのは『石』だ。クィレルより先に『賢者の石』を見つけたいと願っている。つまり『石』がどこにあるかが見えるはずだ！　クィレルに悟られないように鏡を見るにはどうしたらいいのだろう？

ハリーはクィレルに気づかれないように鏡の前に行こうと、左側ににじり寄ったが、縄が足首をきつく縛っているのでつまずいて倒れてしまった。クィレルはハリーを無視してブツブツひとり言を言い続けていた。

「この鏡はどういう仕掛けなんだ？　どういう使い方をするんだろう？　ご主人様、助けてください！」

「その子を使え……その子を使うんだ……」

突然、クィレルとは別の声が響いた。しかも声はクィレル自身から出ているようだった。ハリーはぞっとした。

クィレルが突然ハリーを向いた。

「わかりました……ポッター、ここへこい」

手を一回パンと打つと、ハリーを縛っていた縄が落ちた。

ハリーはのろのろと立ち上がった。

「ここへくるんだ」

クィレルが言った。

「鏡を見てなにが見えるかを言え」

ハリーはクィレルのほうに歩いていった。

（嘘をつかなくては）ハリーは必死に考えた（鏡になにが見えても、嘘を言えばいい）。

クィレルがハリーのすぐ後ろに回った。変な臭いがした。クィレルのターバンから出る臭いらしい。ハリーは目を閉じて鏡の前に立ち、そこで目を開けた。

青白く脅えた自分の姿が目に入った。次の瞬間、鏡の中のハリーが笑いかけた。鏡の中のハリーがズボンのポケットに手を突っ込み、血のように赤い石を取り出した。そしてウィンクをするとまたその石をポケットに入れた。するとそのとたん、ハリーは自分のポケットの中に実際に重いなにかが落ちるのを感じた。なぜか——信じられないことに——ハリーは『石』を手に入れてしまった。

「どうだ？」クィレルが待ちきれずに聞いた。「なにが見える？」

ハリーは勇気を奮い起こした。

「僕がダンブルドアと握手をしているのが見える」

作り話だ。

「僕……僕のおかげで、グリフィンドールが寮杯（りょうはい）を獲得したんだ」

「そこをどけ」クィレルがまた罵（ののし）った。

ハリーは太股（ふともも）に触れている「賢者の石」を感じた。思いきって逃げ出そうか？　しかし、ほんの四、五歩も歩かないうちに、クィレルの唇は動かないのに高い声が響いた。

「こいつは嘘をついている……嘘をついているぞ……」

「ポッター、ここにもどれ！　本当のことを言うのだ。いま、なにが見えた？」

クィレルがさけんだ。ふたたび高い声がした。

「俺様（おれさま）が話す……直に話す……」

「ご主人様、あなた様はまだ十分に力がついていません！」

「このためなら……使う力がある……」

ハリーは、「悪魔の罠」によってその場に釘づけにされてしまったように感じた。指一本動かせない。クィレルがターバンを解くのを、ハリーは石のように固くなったままで見ていた。なにをやっているんだろう？　ターバンが落ちた。ターバンをかぶらないクィレルの頭は、奇妙なほど小さかった。クィレルはその場でゆっくりと体を後ろ向きにした。

ハリーは悲鳴を上げそうになった。が、声が出なかった。クィレルの頭の後ろに、もう一つの顔があった。ハリーがこれまで見たこともないような、恐ろしい顔が。蠟のように白い顔、ギラギラと血走った目、鼻孔はヘビのような裂け目になっていた。

「ハリー・ポッター……」

声がささやいた。ハリーはあとずさりしようとしたが、足が動かなかった。

「このありさまを見ろ」

顔が言った。

「ただの影と霞にすぎない……だれかの体を借りて、はじめて形になることができる……しかし、常にだれかが、喜んで俺様をその心に入り込ませてくれる……この何週間かは、ユニコーンの血が俺様を強くしてくれた……忠実なクィレルが、森の中で俺様のために血を飲んでいるところを見ただろう……命の水さえあれば、俺様は自身の体を創造することができるのだ……さて……おまえのポケットにある『石』をいただこうか」

彼は知っていたんだ。突然足の感覚がもどった。ハリーはよろめきながら後ろにさがった。

「ばかな真似はよせ」

顔が低くうなった。

「命を粗末にするな。俺様の側につけ……さもないとおまえもおまえの両親と同じ目にあうぞ……二人とも命乞いをしながら死んでいった……」

「嘘だ！」ハリーが突然さけんだ。

ヴォルデモートがハリーを見たままでいられるように、クィレルは後ろ向きで近づいてきた。邪悪な顔がニヤリとした。

「胸を打たれることよ……」顔が押し殺したような声を出した。

「俺様はいつも勇気を称える……そうだ、小僧、おまえの両親は勇敢だった……俺様はまず父親を殺した。勇敢に戦った末にだ……しかしおまえの母親は死ぬ必要はなかった……母親はおまえを守ろうとしたのだ……母親の死をむだにしたくなかったら、さあ『石』をよこせ」

「やるもんか！」ハリーは炎の燃えさかる扉に向かって駆け出した。

「捕まえろ！」

ヴォルデモートがさけんだ。次の瞬間、ハリーはクィレルの手が自分の手首をつかむのを感じた。そのとたん、針で刺すような鋭い痛みが額の傷痕を貫いた。頭が二つに割れるかと思うほどの痛みだった。ハリーは悲鳴を上げ、力を振りしぼってもがいた。驚いたことに、クィレルはハリーの手を離した。額の痛みが和らいだ……クィレルがどこに行ったのか、ハリーはまわりを見回した。クィレルは苦痛に体を丸め、自分の指を見ていた……見る見るうちに指に火ぶくれができていた。

「捕まえろ！　捕まえるのだ！」

ヴォルデモートがまたかん高くさけんだ。クィレルが跳びかかり、ハリーの足をすくって引き倒し、ハリーの上にのしかかって両手をハリーの首にかけた……額の傷の痛みでハリーは目がくらんだが、それでも、クィレルが激しい苦痛でうなり声を上げるのが見えた。

「ご主人様、やつを押さえていられません……手が……わたしの手が！」

クィレルは膝でハリーを地面に押さえつけてはいたものの、ハリーの首から手を離し、訝しげに自分の手のひらを見つめていた……ハリーの目に、真っ赤に焼けただれ、皮がベロリとむけた手が見えた。

「それなら殺せ、愚か者め、始末してしまえ！」

ヴォルデモートが鋭くさけんだ。クィレルは手を挙げて死の呪いをかけはじめた。ハリーはとっさに手を伸ばし、クィレルの顔をつかんだ。

「あああアァ！」

クィレルが転がるようにハリーから離れた。顔が焼けただれていた。ハリーにはわかった。クィレルはハリーの皮膚に触れることができないのだ。触れればひどい痛みに責めさいなまれる……ならばクィレルにしがみつき、痛みのあまり呪いをかけることができないようにする――それしか道はない。

ハリーは跳び起きて、クィレルの腕を捕まえ、力のかぎり強くしがみついた。クィレルは悲鳴を上げ、ハリーを振りほどこうとした……ハリーの額の痛みはますますひどくなった……なにも見えない……クィレルの恐ろしい悲鳴とヴォルデモートのさけびが聞こえるだけだ。

「殺せ！　殺してしまえ！」

そのとき、もう一つ別の声が聞こえた。ハリーの頭の中で聞こえたのかもしれない。さけんでいる。

「ハリー！　ハリー！」

ハリーは固くにぎっていたクィレルの腕が、もぎ取られていくのを感じた。すべてを失ってしまったのがわかった。ハリーの意識は闇の中へと落ちていった。下へ……下へ……下へ……。

ハリーのすぐ上で金色のなにかが光っていた。スニッチだ！　捕まえようとしたが、腕がとても重い。

瞬きをした。スニッチではなかった。メガネだった。なにか変だ。

もういっぺん瞬きをした。ハリーの上にアルバス・ダンブルドアのにこやかな顔がすうっと現れるのが見えた。

「ハリー、こんにちは」

ダンブルドアの声だ。ハリーはダンブルドアを見つめた。記憶がよみがえった。

「先生！『石』！　クィレルだったんです。クィレルが『石』を持っています。先生！　早く……」

「落ち着きなさい、ハリー。きみは少ぉし時間がずれとるよ。クィレルは『石』を持っとらん」

「じゃあだれが？　先生、僕……」

「ハリー、いいから落ち着きなさい。でないとわしがマダム・ポンフリーに追い出されてしまう」

ハリーはゴクッと唾を飲み込み、まわりを見回した。医務室にいるらしい。白いシーツのベッドに横たわり、ベッド脇のテーブルには、まるで菓子屋が半分そっくりそこに引っ越してきたかのように、甘い物が山のように積み上げられていた。

「きみの友人や崇拝者（すうはいしゃ）からの贈り物だよ」

ダンブルドアがにっこりした。

「地下できみとクィレル先生との間に起きたことは『秘密』でな。秘密ということはつまり、学校中が知っているというわけじゃ。きみの友達のミスター・フレッド、ミスター・ジョージ・ウィーズリーは、たしかきみにトイレの便座を送ったのう。きみがおもしろがると思ったのじゃろう。だが、マダム・ポンフリーがあんまり衛生的ではないといって没収してしまった」

「僕はいつからここにいるんですか？」

「三日前じゃよ。ミスター・ロナルド・ウィーズリーとミス・グレンジャーは、きみが気がついたと知ったら、さぞかしほっとするじゃろう。二人ともそれはそれは心配しておったからのう」

「でも先生、『石』は……」

「きみの気持ちをそらすことはできないようじゃな。よかろう。『石』だが、クィレル先生はきみから石を取り上げることができなかった。わしがちょうど間に合って、食い止めた。しかし、きみは一人で本当によくやった」

「先生があそこに？　ハーマイオニーのふくろう便を受け取ったんですね？」

「いや、空中ですれちがってしまったらしい。ロンドンに着いたとたん、わしがおるべき場所は出発してきた所だったとはっきり気がついたんじゃ。それでクィレルを君から引き離すのにようやく間に合った……」

「あの声は、先生だったんですか……」

「遅すぎたかと心配したが」

「もう少しで手遅れになるところでした。あれ以上長くは『石』を守ることはできなかったと思います……」

「いや、『石』ではなくて、ハリー、大切なのはきみじゃよ……きみは、あそこまでがんばったことで危うく死ぬところだった。一瞬、もうだめかと、わしは肝を冷やしたよ。『石』じゃがの、あれはもう壊してしまった」

「壊した?」ハリーは呆然とした。

「でも、先生のお友達……ニコラス・フラメルは……」

「おお、ニコラスを知っておるのかい?」

ダンブルドアがうれしそうに言った。

「きみはずいぶんきちんと調べて、このことに取り組んだようだね。わしはニコラスと話しおうてな、こうするのが一番いいということになったんじゃ」

「でも、それじゃニコラスご夫妻は死んでしまうんじゃありませんか?」

「あの二人は、身辺をきちんと整理するのに十分な命の水を蓄えておる。そのあとで、そうじゃ、二人は死ぬじゃろう」

ハリーの驚いた顔を見て、ダンブルドアがほほえんだ。

「きみのように若い者にはわからんじゃろうが、ニコラスとペレネレにとって、死とは長い一日の終わりに眠りにつくようなものなのじゃ。結局、きちんと整理された心を持つ者にとっては、死は次の大いなる冒険にすぎないのじゃ。よいか、『石』はそんなにすばらしいものではないのじゃ。欲しいだけのお金と命だなんぞ!　おおかたの人間がなによりもまずこの二つを選んでしまうじゃろう……困ったことに、どういうわけか人間は、自らにとって最悪のものを欲しがるくせがあるようじゃ」

ハリーは黙って横たわっていた。ダンブルドアは鼻歌を歌いながら天井を向いてほほえんだ。

「先生、ずうっと考えていたことなんですが……先生、『石』がなくなってしまっても、ヴォル……あの、『例のあの人』が……」

「ハリー、ヴォルデモートと呼びなさい。ものには必ず適切な名前を使うように。名前を恐れていると、そのもの自身に対する恐れも大きくなる」

「はい、先生。ヴォルデモートはほかの手段でまたもどってくるんじゃありませんか。つまりいなくなってしまったわけではないですよね？」

「ハリー。いなくなったわけではない。どこかに行ってしまっただけじゃ。乗り移る別の体を探していることじゃろう。本当に生きているわけではないから、殺すこともできん。クィレルを死なせてしまった。自分の家来を、敵と同じように情け容赦なく扱う。それはさておきハリー、きみがやったことはヴォルデモートがふたたび権力を手にするのを遅らせただけかもしれん。そして次にまただれかが、一見勝ち目のない戦いをしなくてはならんのかもしれん。しかし、そうやって彼の狙いが何度も何度もくじかれ、遅れれば……そう、彼は二度と権力を取りもどすことができなくなるかもしれんのじゃ」

ハリーはうなずいた。でも頭が痛くなるので、すぐにうなずくのをやめた。

「先生、僕、ほかにも、もし先生に教えていただけるのなら、知りたいことがあるんですけど……真実を知りたいんです……」

「真実か」

ダンブルドアはため息をついた。

「それはとても美しくも恐ろしいものじゃ。だからこそ注意深く扱わなければなるまい。しかし、答えないほうがいいというはっきりした理由がないかぎり、答えてあげよう。答えられない理由があるときには許してほしい。もちろん、わしは嘘はつかん」

「ヴォルデモートが母を殺したのは、僕を彼の魔手から守ろうとしたからだと言っていました。でも、そもそもなんで僕を殺したかったんでしょう?」

ダンブルドアは、今度は深いため息をついた。

「おお、なんと、最初の質問なのにわしは答えてやることができん。今日は答えられん。いまはだめじゃ。時がくればわかるじゃろう……ハリー、いまは忘れるがよい。もう少し大きくなれば……こんなことは聞きたくないじゃろうが……その時がきたらわかるじゃろう」

ハリーには、ここで食い下がってもどうにもならないことがわかった。

「でも、どうしてクィレルは僕に触われなかったんですか」

「きみの母上は、きみを守るために死んだ。ヴォルデモートに理解できないことがあるとすれば、それは愛じゃ。きみの母上の愛情が、その愛の印をきみに残してゆくほど強いものだったことに、彼は気づかなかった。傷痕のことではないぞ。目に見える印ではない……それはどまでに深く愛を注いだということが、たとえ愛したその人がいなくなっても、永久に愛されたものを守る力になるのじゃ。それが、きみの肌に残っておる。クィレルのように憎しみや欲望、野望に満ちた者、ヴォルデモートと魂を分け合うような者は、それがためにきみに触れることができんのじゃ。かくもすばらしいものによって刻印されたきみのような者に触れることは、クィレルには苦痛でしかなかったのじゃ」

ダンブルドアはそのとき、窓辺に止まった小鳥になぜかとても興味を持って、ハリーから目をそらした……そのすきにハリーはこっそりシーツで涙を拭うことができた。そしてやっと声が出るようになったとき、ハリーはまた質問した。

「あの『透明マント』は……だれが僕に送ってくれたか、ご存知ですか？」

「ああ……きみの父上が、たまたまわしに預けていかれた。きみの気に入るじゃろうと思うてな」

ダンブルドアの目がキラキラッとした。

「便利なものじゃ。きみの父上がホグワーツに在学中は、もっぱらこれを使って台所に忍び込み、食べ物を失敬していたものじゃ」

「そのほかにもお聞きしたいことが……」

「どんどん聞くがよい」

「クィレルが言うには、スネイプが」

「ハリー、スネイプ先生じゃろう」

「はい。その人です……クィレルが言ったんですが、彼が僕のことを憎むのは、僕の父を憎んでいたからだと。それは本当ですか?」

「そうじゃな、お互いに嫌っておった。きみとミスター・マルフォイのようなものだ。そして、きみの父上が行ったあることをスネイプは決して許せなかった」

「なんですか?」

「スネイプの命を救ったのじゃよ」

「なんですって?」

「さよう……」ダンブルドアは夢見るように話した。

「人の心とはおかしなものよ。のう？　スネイプ先生はきみの父上に借りがあるのががまんならなかった……この一年、スネイプはきみを守るために全力を尽くした。これで父上と五分五分になると考えたのじゃ。そうすれば、心安らかにふたたびきみの父上の思い出を憎むことができる、とな……」

ハリーは懸命に理解しようとしたが、また頭がズキズキしてきたので考えるのをやめた。

「先生もう一つあるんですが？」

「もう一つだけかな？」

「僕はどうやって鏡の中から『石』を取り出したんでしょう？」

「おぉ、これは聞いてくれてうれしいのう。例の鏡を使うのはわしのアイデアの中でも一段とすばらしいものでな、ここだけの秘密じゃが、実はこれがすごいんじゃ。つまり『石』を見つけたい者だけが――よいか、見つけたい者であって、使いたい者ではないぞ――それを手に入れることができる。さもなければ、鏡に映るのは、黄金を作ったり命の水を飲む姿だけじゃ。わしの脳みそは、ときどき自分でも驚くほどのことを考えつくものよ……さあ、もう質問は終わりじゃ。そろそろこのお菓子に取りかかってはどうかね。あっ！　バーティー・ボッツの百味ビーンズがある！　わしは若いとき、不幸にもゲロの味に当たってのう。それ以来あまり好まんようになってしもうたのじゃ……でもこのおいしそうなタフィーなら大丈夫だとは思わんか」

ダンブルドアはにこっとして、こんがり茶色のビーンを口に放り込んだ。とたんにむせ返ってしまった。

「なんと、耳くそ味だ！」


校医のマダム・ポンフリーはいい人だったが、とても厳しかった。

「たったの五分でいいから」とハリーが懇願した。

「いいえ。絶対にいけません」

「ダンブルドア先生は入れてくださったのに……」

「そりゃ、校長先生ですから、ほかの人とはちがいます。あなたには休息が必要なんです」

「僕、休息してます。ほら、横になってるでしょ。ねえ、マダム・ポンフリーお願い……」

「しかたないわね。でも、五分だけですよ」

そして、ロンとハーマイオニーは病室に入れてもらえた。

「ハリー！」

ハーマイオニーは、いまにもまた両手でハリーを抱きしめそうだった。でも思いとどまってくれたので、頭がまだひどく痛むハリーはほっとした。

「あぁ、ハリー。私たち、あなたがもうだめかと……ダンブルドア先生がとても心配してらっしゃったのよ……」

「学校中がこの話で持ちきりだよ。本当はなにがあったの？」とロンが聞いた。

事実が、とっぴな噂話よりもっと不思議でドキドキするなんて、めったにない。しかし、この事実こそまさにそれだった。ハリーは二人に一部始終を話して聞かせた。クィレル、鏡、賢者の石、そしてヴォルデモート。ロンとハーマイオニーは聞き上手だった。ここぞというときに、ハッと息を呑み、クィレルのターバンの下になにがあったかを話すにいたっては、ハーマイオニーが大きな悲鳴を上げた。

「それじゃ『石』はなくなってしまったの？　フラメルは……死んじゃうの？」

最後にロンがたずねた。

「僕もそう言ったんだ。でも、ダンブルドア先生は……ええと、なんて言ったっけかな……『整理された心を持つ者にとっては、死は次の大いなる冒険にすぎない』って」

「だからいつも言ってるだろう。ダンブルドアはズレてるって」

ロンは、自分の尊敬するヒーローの調子っぱずれぶりに、ひどく感心したようだった。

「それで君たち二人のほうはどうだったんだい?」ハリーが聞いた。

「ええ、私、ちゃんともどれたわ。私、ロンの意識を回復させて――ちょっと手間がかかったけど――そしてダンブルドアに連絡するために、二人でふくろう小屋に行ったら、玄関ホールで本人と出会ったの……。ダンブルドアはもう知っていたわ……『ハリーはもう追いかけていってしまったんだね』と、それだけ言うと、矢のように四階に駆けていったわ」

「ダンブルドアは君がこんなことをするように仕向けたんだろうか? だって君のお父さんのマントを送ったりして――」

ロンが疑問を口にした。

「もしも……」

ハーマイオニーがカッとなって言った。

「もしも、そんなことをしたとしたら……言わせてもらうけど……ひどいじゃない。ハリーは殺されていたかもしれないのよ」

「ううん、そうじゃないさ」

ハリーが考えをまとめながら答えた。

「ダンブルドアって、おかしな人なんだ。たぶん、僕にチャンスを与えたいって気持ちがあったんだと思う。あの人はここでなにが起きているか、ほとんどすべてを知っているんだと思う。僕たちがやろうとしていたことを、相当知っていたんじゃないのかな。僕たちを止めないで、むしろ僕たちの役に立つよう、必要なことだけを教えてくれたんだ。鏡の仕組みがわかるように仕向けてくれたのも偶然じゃなかったんだ。僕にそのつもりがあるのなら、ヴォルデモートと対決する権利があるって、あの人はそう考えていたような気がする……」

「ああ、ダンブルドアってまったく変わっているよな」

ロンが誇らしげに言った。

「明日は学年末のパーティがあるから元気になって起きてこなくちゃ。得点は全部計算がすんで、もちろんスリザリンが勝ったんだ。君が最後のクィディッチ試合に出られなかったから、レイブンクローにこてんぱんにやられてしまったよ。でもごちそうはあるよ」

そのときマダム・ポンフリーが勢いよく入ってきて、きっぱりと言った。

「もう十五分も経ちましたよ。さあ、出なさい」

その夜はぐっすり眠ったので、ハリーはほとんど回復したように感じた。

「パーティに出たいんですけど。行ってもいいでしょうか」

山のような菓子の箱を片づけているマダム・ポンフリーに、ハリーは頼んだ。

「ダンブルドア先生が、行かせてあげるようにとおっしゃいました」

マダム・ポンフリーは、鼻をフンと鳴らした。ダンブルドア先生はパーティの危険性をご存知ない、とでも言いたげだった。

「ああそれから、また面会の人がきてますよ」

「うれしいなぁ。だれ？」

ハリーの言葉が終わらないうちに、ハグリッドがドアから体を斜めにして入ってきた。部屋の中では、ハグリッドはいつも場ちがいなほど大きく見える。ハリーの隣に座ってちらっと顔を見るなり、ハグリッドはオンオンと泣き出してしまった。

「みんな……おれの……ばかな……しくじりのせいだ！」

手で顔を覆い、しゃくり上げた。

「悪いやつらに、フラッフィーを出し抜く方法をしゃべくってしもうた。おれがやつに話したんだ！　やつはこれだけは知らんかったのに、しゃべくってしもうた！

おまえさんは死ぬとこだった！　たかがドラゴンの卵のせいで。もう酒はやらん！

おれなんか、つまみ出されて、マグルとして生きろと言われてもしょうがない！」

悲しみと後悔に体を震わせながら、ハグリッドの顎ひげに大粒の涙がポロポロと流れ落ちている。

「ハグリッド！」

ハリーはその姿に驚いて呼びかけた。

「ハグリッド。あいつはどうせ見つけ出していたよ。相手はヴォルデモートだもん。ハグリッドがなにも言わなくたって、どうせ見つけていたさ」

「おまえさんは死ぬとこだったんだ」

ハグリッドがしゃくり上げた。

「それに、その名前を言うな」

「ヴォルデモート」

ハリーは大声でどなった。ハグリッドは驚いて泣きやんだ。

「僕は彼と面と向かったし、あいつを名前で呼ぶんだ。さあ、ハグリッド。元気を出して。僕たち、『石』は守ったんだ。もうなくなってしまったから、あいつは『石』

を使うことはできないよ。さあ、蛙チョコレートを食べて。山ほどあるから……」

ハグリッドは手の甲でぐいっと鼻を拭った。

「おぉ、それで思い出した。おれもプレゼントがあるんだ」

「イタチ・サンドイッチじゃないだろうね」

ハリーが心配そうに言うと、やっとハグリッドがクスッと笑った。

「いんや。これを作るんで、きのうダンブルドア先生がおれに休みをくれた。あの方にクビにされて当然なのに……とにかく、ほい、これ」

こぎれいな革表紙の本のようだった。いったいなんだろうとハリーが開けてみると、そこには魔法使いの写真がぎっしりと貼ってあった。どのページでもハリーに笑いかけ、手を振っている。父さんと母さんだ。

「あんたのご両親の学友たちにふくろうを送って、写真を集めたんだ。だっておまえさんは一枚も持っていないし……気に入ったか？」

ハリーは言葉が出なかった。でもハグリッドにはよくわかった。

その夜ハリーは一人で学年度末パーティに行った。マダム・ポンフリーがもう一度最終診察をするとうるさかったので、大広間に着いたときにはもう広間はいっぱいだった。スリザリンが七年連続で寮対抗杯を獲得したお祝いに、広間はグリーンとシルバーのスリザリン・カラーで飾られていた。スリザリンのヘビを描いた巨大な横断幕が、上座のテーブルの後ろの壁を覆っていた。

ハリーが入っていくと突然シーンとなり、その後全員がいっせいに大声で話しはじめた。ハリーはグリフィンドールのテーブルでロンとハーマイオニーの間に座り、ハリーを見ようとみなが立ち上がっているのを無視しようとした。

運よくダンブルドアがすぐに現れ、ガヤガヤ声が静かになった。

「また一年が過ぎた！」

ダンブルドアがほがらかに言った。

「一同、ごちそうにかぶりつく前に、老いぼれのたわごとをお聞き願おう。なんという一年だったろう。きみたちの頭も以前に比べて少しなにかが詰まっていればよいのじゃが……新学年を迎える前にきみたちの頭がきれいさっぱり空っぽになる夏休みがやってくる。

それではここで寮対抗杯の表彰を行うことになっとる。点数は次のとおりじゃ。四位　グリフィンドール　三一二点。三位　ハッフルパフ　三五二点。レイブンクローは四二六点。そしてスリザリン　四七二点」

スリザリンのテーブルから嵐のような歓声と足を踏み鳴らす音が上がった。ドラコ・マルフォイがゴブレットでテーブルをたたいているのが見えた。胸の悪くなるような光景だった。

「よし、よし、スリザリン。よくやった。しかし、つい最近の出来事も勘定に入れなくてはなるまいて」と、ダンブルドアは続けた。

部屋全体がシーンとなった。スリザリン寮生の笑いが微妙になった。

「えへん」

ダンブルドアが咳ばらいをした。

「駆け込みの点数をいくつか与えよう。えーと、そうそう……まず最初は、ロナルド・ウィーズリー君」

ロンの顔が赤くなった。まるでひどく日焼けした赤カブみたいだった。

「この何年間か、ホグワーツで見ることのできなかったような最高のチェス・ゲームを見せてくれたことを称え、グリフィンドールに五〇点を与える」

グリフィンドールの歓声は、魔法をかけられた天井を吹き飛ばしかねないくらいだった。頭上の星がぐらぐら揺れたようだ。

「僕の兄弟さ！　一番下の弟だよ。マクゴナガルの巨大チェスを破ったんだ」パーシーが他の監督生にこう言うのが聞こえてきた。広間はやっと静かになった。

「次に……ハーマイオニー・グレンジャー嬢に……火に囲まれながら、冷静な論理を用いて対処したことを称え、グリフィンドールに五〇点を与える」

ハーマイオニーは腕に顔を埋めた。きっとうれし泣きしているにちがいない、とハリーもうれしく思った。

グリフィンドールの寮生たちが、テーブルのあちらこちらで我を忘れて狂喜している……一〇〇点も増えた。

「三番目はハリー・ポッター君……」

部屋中が水を打ったようにしんとなった。

「……その完璧な精神力と、並はずれた勇気を称え、グリフィンドールに六〇点を与える」

耳をつんざく大騒音だった。声がかすれるほどさけびながら足し算ができた人がいたなら、グリフィンドールが四七二点になったことがわかっただろう……スリザリンとまったく同点だ。寮杯は引き分けとなる……ダンブルドアがハリーにもう一点多く与えてくれたらよかったのに……。

ダンブルドアが手を挙げた。大広間が少しずつ静かになった。

「勇気にもいろいろある」

ダンブルドアはほほえんだ。

「敵に立ち向かっていくのにも大いなる勇気がいる。しかし、味方の友人に立ち向かうのにも、同じくらい勇気が必要じゃ。そこで、わしはネビル・ロングボトム君に一〇点を与えたい」

大広間の外にだれかいたら、爆発が起きたと思ったかもしれない。それほど大きな歓声がグリフィンドールのテーブルからわき上がった。ハリー、ロン、ハーマイオニーは立ち上がってさけび、歓声を上げた。ネビルは驚いて青白くなったが、みんなに抱きつかれ、人に埋もれて姿が見えなくなった。ネビルは、これまでグリフィンドールのために一点も稼いだことはなかった。ハリーは歓声を上げながらロンの脇腹を突ついてマルフォイを指さした。マルフォイは、「金縛り(かなしば)の術(じゅつ)」をかけられたよりももっと驚きおののいた顔をしていた。

レイブンクローもハッフルパフも、スリザリンがトップから滑り落ちたことを祝って、喝采(かっさい)に加わっていた。嵐のような喝采の中で、ダンブルドアが声を張り上げた。

「したがって、飾りつけをちょいと変えねばならんのう」

ダンブルドアが手をたたいた。次の瞬間グリーンの垂れ幕が真紅に、銀色が金色に変わった。

巨大なスリザリンのヘビが消えて、グリフィンドールのそびえ立つようなライオンが現れた。スネイプが苦々しげな作り笑いでマクゴナガル教授と握手をしていた。スネイプの目がハリーをとらえた。スネイプの自分に対する感情がまったく変わっていないことはハリーにもすぐにわかった。しかし、もはや気にならなかった。来年はまたこれまでと変わらない毎日がもどってくるだけの話だ。――ホグワーツらしい「正常な」毎日が。

その夜はハリーにとって、いままでで一番すばらしい夜だった。クィディッチに勝ったときよりも、クリスマスよりも、野生のトロールをやっつけたときよりも素敵だった……。今夜のことはずっと忘れないだろう。

試験の結果のことなどハリーはほとんど忘れていたのだが、ようやく成績が発表された。

驚いたことに、ハリーもロンもよい成績だった。もちろんハーマイオニーは学年でトップだった。ネビルはすれすれだったが、薬草学の成績がよくて魔法薬のどん底の成績を補っていた。

意地悪なばかりか頭の悪いゴイルも、退校になればいいのにというみなの期待に反して合格した。残念だったが、ロンに言わせれば、人生ってそういいことばかりではない。

そして、あっという間に洋服ダンスが空になり、旅行鞄は満杯になった。ネビルのヒキガエルはトイレの隅に隠れているところを見つかってしまった。「休暇中は魔法を使わないように」という注意書が全生徒に配られた――「こんな注意書、配るのを忘れりゃいいのにって、いつも思うんだ」とフレッド・ウィーズリーが悲しそうに言った。

ハグリッドが湖を渡る船に生徒たちを乗せ、そして全員ホグワーツ特急に乗り込んだ。しゃべったり笑ったりしているうちに、車窓の田園の緑が濃くなり、こぎれいになっていった。そして、バーティー・ボッツの百味ビーンズを食べているうちに、汽車はマグルの町々を通り過ぎた。みな魔法のマントを脱ぎ、上着とコートに着替え、しばらくするとキングズ・クロス駅の九と四分の三番線ホームに到着した。

プラットフォームを出るのに少し時間がかかった。年寄りのしわくちゃな駅員が改札口に立っていて、ゲートから数人ずつばらばらに外に送り出していた。堅い壁の中から、いっぺんにたくさんの生徒が飛び出すと、マグルがびっくりするからだ。

「夏休みに二人とも家に泊まりにきてよ。ふくろう便を送るよ」

ロンが言った。

「ありがとう。僕も楽しみに待っていられるようなものがなにかなくちゃな……」

ハリーは答えた。

人の波に押されながら三人はゲートへ、マグルの世界へと進んでいった。何人かが声をかけていく。

「ハリー、バイバイ」

「またね。ポッター」

「いまだに有名人だね」とロンがハリーに向かってニヤッとした。

「これから帰るところではちがうよ」とハリー。

ハリーとロンとハーマイオニーは、一緒に改札口を出た。

「まあ、彼だわ。ねえ、ママ、見て」

ロンの妹のジニー・ウィーズリーだった。だが、指しているのはロンではなかった。

「ハリー・ポッターよ。ママ、見て！　わたし、見えるわ」

ジニーは金切り声を上げた。

「ジニー、お黙り。指さすなんて失礼ですよ」

ウィーズリーおばさんが三人に笑いかけた。

「忙しい一年だった？」

「ええ、とても。お菓子とセーター、ありがとうございました。ウィーズリーおばさん」

ハリーは感謝を込めて答えた。

「まあ、どういたしまして」

「準備はいいか」

バーノンおじさんだった。相変わらず赤ら顔で、相変わらず口ひげを生やし、相変わらずハリーのことを普通でないと腹を立てているようだった。そもそも普通の人であふれている駅で、ふくろうの鳥籠をぶらさげているなんて、どんな神経をしてるんだと怒っている。その後ろにはペチュニアおばさんとダドリーが、ハリーの姿を見るのも恐ろしいという様子で立っていた。

「ハリーのご家族ですね」とウィーズリーおばさんが言った。

「まあ、そうとも言えるでしょう」バーノンおじさんはそう言うと「小僧、さっさとしろ。おまえのために一日をつぶすわけにはいかん」と、とっとと歩いていってしまった。

ハリーは少しの間、ロンやハーマイオニーと最後の挨拶を交わした。

「じゃあ夏休みに会おう」

「楽しい夏休み……あの……そうなればいいけど」

ハーマイオニーは、あんないやな人間がいるなんてとショックを受け、バーノンの後ろ姿を不安げに見送りながらつけ加えた。

「もちろんさ」

ハリーが、うれしそうに顔中ほころばせているので、二人は驚いた。

「僕たちが家で魔法を使っちゃいけないことを、あの連中は知らないんだ。この夏休みは、ダドリーと大いに楽しくやれるさ……」

愛・友情・勇気

一九九八年十月のこと。ロンドンのホテルの一室で、夜明けまでこの物語を読み続けたときの胸の高鳴りを、二十年以上経ったいまでもありありと思い出す。

先の見えない展開なのに、きっと何かあると感じさせる力が、この物語にはあった。J・K・ローリングは、七年間に及ぶ物語の最初から最後までをすでに組み立て、第七巻の最後の章は第一巻執筆のときに書き終えていた。物語のすべての謎は、最後の第七巻になって初めて解き明かされるのだが、実は第一巻にすべてが書き込まれている。全巻を読み終えてからもう一度第一巻を読むときの驚きは、また格別だ。

一九九八年十二月、第一巻の翻訳・出版権を手にしたときは、奇跡が起こったと思った。そして、こんな弱小出版社の静山社に物語を託してくれた著者に感謝し、ベストセラーに仕上げなければ著者に申し訳ないと思った。背水の陣という言葉がぴったり当てはまるような戦いが始まり、出版社社長と翻訳者を兼ねるという冒険に取り組み、失敗したら私は尼寺に行く、と公言して、総勢十名程の小さなプロジェクト・チームが立ち上がった。

翻訳チームは私と編集者を含めて五名。百戦錬磨の営業人である豊田哲氏との運命的な出会いのおかげで、出版取次大手の有志によるチームや大手書店、出版業界の新聞などが応援してくれた。静山社の最初のスタッフは友人の木村康子氏の率いる数名。全員が燃えていた。

物語がどう展開していくのかが全くわからず、著者に質問もできない状態は、翻訳者としては理想的とは言い難かった。しかし、さんざん待たされたあげく、次の巻を初めて手にしたときは、翻訳者であることを忘れて読みふけった。英語版が出版されるまでは、他の国では、出版権を持つ出版社でさえ、原作を読むことが許されず、翻訳者も出版社から本を手渡されるまではどんな内容なのかを全く知らされていなかった。英語で読める読者は、当然、英語版をすぐに入手して読んでしまう。出版社としては早く翻訳版を出さなければならない。しかし、静山社の場合、翻訳チームの能力の及ぶ限り、正確で読みやすい訳にしたいという願いから、必要なだけ時間をかけることにしていた。日本語版の第一巻が出版されたのは、版権獲得の一年後、一九九九年十二月だった。社員が数名だけという小出版社だからできたことかもしれない。

翻訳者として著者の心に迫りたいと思い、著者代理人に頼み込んで、J・K・ローリングとの面会を許されたのが、一九九九年五月のことだった。ロンドンのサヴォイ・ホテルのティールームで、私の友人のダンとアリソン、その二人の子供たち、そして代理人を含めて一時間ほどの面談だったが、ローリングは気さくに話してくれた。一番気に入っている登場人物は、私も彼女もハグリッドだということが分かったし、ダンブルドアが最初の入学式で口にする「短い挨拶」は、リズム感のある、意味のない言葉に訳せばよいと言われて気が楽になった。そして、ハグリッドの言葉のなまりは、どこのなまりと決まっているわけではなく、北のほうの心の温かい人というイメージだと教えてもらった。そのときに、福島弁のなまりの強い、私の父を思い浮かべた。

ダンとアリソンは、私にこの物語の存在を教えてくれた恩人だ。まさか私がその翻訳者になるとは夢にも思わない一九九八年十月、ロンドンで夕食を食べながらこの本を手渡され、もしも出版権が取れたら、画家であるダンが表紙と挿絵を描くという約束をした。その約束が実現し、その後の十年間、ダンは絵を描き、有能な弁護士であるアリソンは、著者代理人との交渉を取り仕切ってくれた。

アリソンは、日本語版の全巻が二〇〇八年に完結したあと、二〇一二年に五十歳の若さで急死した。静山社のゼロからの出発と、「ハリー・ポッター」シリーズの完成をともに見つめた大切な存在だった。翻訳チームの要だったジェリー・ハーコートも、二〇一九年に故郷のニュージーランドで亡くなった。ハリーがシリウス・ブラックを失ったときの悲しみがよく分かった。仲間がいたからこそ、「ハリー・ポッター」シリーズは花咲いたのだ。

ハリーの親友のロンは、チェスの天才で、ユーモアたっぷりの人柄がハリーを和ませる。全学科一番のハーマイオニーは、知識と思慮深さでハリーを助ける。そうした仲間の友情と、ハリーの両親や学校の教師たちがハリーに注ぐ愛。そして両親を殺した宿敵に真っ向から立ち向かうハリーの勇気。この物語の根底に流れるものは愛・友情・勇気だ。そして同しくその三つの力こそが、日本語版の「ハリー・ポッター」を支えてベストセラーにしてくれたものだ。

魔法魔術学校のユニークな学園生活を楽しみながら、運命の道をたどっていくハリーの七年間の物語を、読者の皆さんが十分に楽しまれることを心から願っている。

二〇二二年一月

松岡ハリス佑子
（翻訳者・静山社社長）

本書は
単行本一九九九年十二月　静山社刊
携帯版二〇〇三年十一月　静山社刊
を二分冊にした2です。

装画　おとないちあき
装丁　坂川事務所

ハリー・ポッター文庫②
ハリー・ポッターと賢者の石〈新装版〉1－2
2022年3月15日　第1刷

作者　J.K.ローリング
訳者　松岡佑子

発行者　松岡佑子
発行所　株式会社静山社
〒102-0073　東京都千代田区九段北1-15-15
TEL 03(5210)7221
印刷・製本　中央精版印刷株式会社

ISBN 978-4-86389-681-9　printed in Japan